Rudolf Thurneysen

Sagen aus dem alten Irland

Verlag
der
Wissenschaften

Rudolf Thurneysen

Sagen aus dem alten Irland

ISBN/EAN: 9783957000934

Auflage: 1

Erscheinungsjahr: 2014

Erscheinungsort: Norderstedt, Deutschland

Webseite: http://www.vdw-verlag.de

Cover: Foto ©Hermann / pixelio.de

Verlag
der
Wissenschaften

Inhalt.

Einleitung.

Dass wir die Früchte altirischer Erzählertechnik noch heute geniessen können, verdanken wir dem Eifer, mit dem sich die zum Christentum bekehrten Bewohner Irlands der neu erlernten Schreibkunst befleissigten. Wie sie durch sorgfältiges Kopieren lateinischer Handschriften sich um die Überlieferung der römischen Litteraturdenkmäler hohe Verdienste erworben haben, so hat auch wohl kein anderes mittelalterliches Volk früher als sie seine einheimischen Sagen und Legenden in der eignen Landessprache aufzuzeichnen begonnen. Und dass diese altirische Erzählungsweise auch heute noch und auch ausserhalb ihres Vaterlandes ihren Eindruck nicht verfehlt, davon hab ich mich durch Vortrag einiger Proben in kleinerem Kreise wiederholt überzeugen können. Hat doch heute fremdartiges Gewand eher eine anziehende als eine abstossende Kraft, und sind wir durch die moderne Novellistik dagegen abgehärtet, uns durch das reichliche Blutvergiessen, das in Erzählungen des frühen Mittelalters selten fehlt, abschrecken zu lassen. In England und Frankreich sind denn auch längst grössere Teile dieser Litteratur durch Übersetzungen allgemein zugänglich gemacht worden. Dass in Deutschland solche an ein grösseres Publikum sich wendende Übertragungen noch fast ganz fehlen, dürfte zum Teil auf unserer allzu peinlichen Gewissenhaftigkeit beruhen, auf der Furcht, auch Partien, die sich dem Verständnis noch nicht völlig erschlossen haben, dennoch mitübersetzen zu müssen. Denn mit vielen Fragezeichen und Lücken kann unserem lesen-

den Publikum allerdings nicht gedient sein. Und in der That,
so sehr die letzten Jahrzehnte die Kenntnis der älteren irischen
Sprache gefördert haben, immer noch fehlt es nicht an Stellen,
die, ohne verderbt zu sein, der Erklärung Trotz bieten. Am
seltensten finden sie sich in den prosaischen Abschnitten, meist
nur in Aufzählungen oder Schilderungen von Kleidungsstücken,
Waffen, Gebäuden und dergleichen, wo es uns schwer wird, die
genaue Bedeutung jedes Ausdrucks festzulegen, wo aber auch,
so dürfen wir uns trösten, eine kleine Ungenauigkeit die Farbe
der ganzen Erzählung nicht erheblich fälscht. Etwas anders
steht es mit der Sprache poetischer Partien, die nur selten in
einer Erzählung ganz fehlen; sie werden gern an die Stelle
direkter Rede eingesetzt, manchmal in solcher Ausdehnung, dass
die Prosa mehr nur als das Gerüst erscheint, das die poetische
Ausschmückung umranken soll. Die altirische Poesie zeigt
zweierlei Art. Meist sind es in Strophen zusammengefasste Verse
von fester Silbenzahl, gereimt und mit reicher Alliteration verziert; also eigentliche Lieder, zu denen uns nur die Melodie fehlt.
Ihre künstlichen Formen nachzubilden lag weder in meiner Ab-
sicht noch in meinem Können. Ich habe der Übersetzung nur
etwas rhythmische Gestalt gegeben, damit der Leser wisse, dass
es sich im Original um Gesungenes handelt; und wenn die
Verse hier und da ziemlich leer erscheinen, möge er sich ins
Gedächtnis rufen, dass im Vorbild öfters Reichtum der Form
den des Inhalts ersetzt. Diese Gedichte enthalten namentlich in
den Beiwörtern und Floskeln manchmal Ausdrücke, die nur
poetisch sind, und deren Sinn sich einstweilen nur ungefähr
bestimmen lässt. Seltener fehlt die Bedeutung eines wichtigeren
Wortes, so dass der Übersetzer den Sinn ganzer Verse aus dem
Zusammenhang erraten oder ergänzen muss. Während ich den
prosaischen Text mit möglichster Treue wiedergebe, auch von
dem sehr einfachen, primitiven Satzbau nur da abweiche, wo
er das Verständnis erschweren würde oder für ein deutsches
Ohr zu fremdartig oder schleppend klänge, folge ich den Liedern
zwar in der Regel Vers für Vers, aber nicht immer Wort für
Wort.

Mehr Schwierigkeit bereitet eine andere Art poetischer Rede, die „rhetorische", wie sie in den Handschriften manchmal genannt wird. Sie folgt keinem festen Rhythmus und ist gewöhnlich reimlos, nur oft ganz oder teilweise aus parallelen Gliedern aufgebaut und mit Alliteration geschmückt; man könnte sie als dithyrambisch bezeichnen. Sie liebt es, die seltensten, fremdartigsten Ausdrücke, Wortverbindungen und Satzformen an einander zu reihen; Dunkelheit oder doch Schwerverständlichkeit scheint bisweilen geradezu ihr Ziel zu sein. Und sie hat es in vielen Fällen nur zu gut erreicht; schon die altirischen Schreiber standen diesen Stellen ratlos gegenüber und haben durch fehlerhaftes Kopieren der unverstandenen Zeilen unsere Aufgabe noch erschwert. Wir wollen frei gestehen, dass uns hier öfters das klare Verständnis fehlt; und die Übersetzung kann sich nur so helfen, dass sie die dunkeln Stellen nach den leisen Anklängen, die sie einzelnen Wörtern entnimmt, wenigstens in demselben Stile wiedergiebt, wie ihn verständlichere Partien gleicher Art aufweisen. Allzu Dunkles ist auch wohl völlig unterdrückt worden. Der Grund anderer kleiner Kürzungen wird sich dem Nachprüfenden von selbst enthüllen.

Wenn die älteste Sagenhandschrift, die wir haben, auch erst um 1100 geschrieben ist, so lässt doch schon die Sprache der in ihr und in späteren Manuskripten erhaltenen Erzählungen keinen Zweifel, dass viele derselben beträchtlich früher die Gestalt erhalten haben, in der sie überliefert sind. Eine genaue Datierung ist heute noch nicht möglich; doch wird man nicht irre gehn, wenn man die Mehrzahl der hier gebotenen Stücke dem neunten oder zehnten Jahrhundert zuschreibt. Stofflich sind sie natürlich zum Teil noch weit älter, und nach Art der Sagentradition mischt sich in ihnen Altertümliches und Junges. Doch wird darauf geachtet, dass in Geschichten, die in die Zeit vor Irlands Bekehrung gesetzt werden, nichts ausgeprägt Christliches vorkommt. Entschieden Heidnisches findet sich freilich auch kaum; die Druiden, die gelegentlich auftreten, sind meist als Zauberer und Wahrsager gedacht, nicht als Vertreter einer bestimmten Religion.

Die Kunde der Sagen und die Kunst des Erzählens eignete natürlich nicht jedermann. In No. 2 wird ein besonderer „Geschichtenerzähler" König Conchobars erwähnt. Gewöhnlich galt es aber als eine Funktion der „Fili", der gelehrten Dichterzunft, ausser durch kunstvolle Loblieder auf ihre Fürsten und Herren und durch Schmählieder auf ihre Feinde auch durch Erzählungen jene zu ergötzen. Von einem solchen Fili wird in einer Sage rühmend berichtet, er habe während des ganzen Winters, vom ersten November bis zum ersten Mai, jeden Abend seinem König eine neue Geschichte zu erzählen gewusst. Und eine irische Verslehre verlangt von dem ausgelernten Meisterdichter gar, er müsse in siebenjährigem Studium 410 Erzählungen in sich aufgenommen haben. Das mögen vielleicht unerreichte Ideale gewesen sein; aber reichhaltig genug war das Programm eines guten Erzählers, wie schon die unten gegebenen Proben wohl beweisen. Der ganze Stand der Fili war hoch geachtet. Denn nichts scheute der vornehme Ire jener Zeit so sehr wie ein Spott- und Rügelied, das in den Augen der Mit- oder Nachwelt seine Ehre, das höchste Gut des Edelmanns, herabsetzen konnte; lieber als solches zu gewärtigen bewilligte er dem Fili jede, auch die unbescheidenste Bitte und begünstigte ihn auf alle Weise. Neben dem Ausdruck „Fili" kommt auch der ältere „Barde" vor, teils als allgemeiner Name für den Dichter und Sänger, teils als halb verächtliche Bezeichnung des ungelehrten Bänkelsängers.

Den Stil der Erzählungen möge der Leser den Beispielen selber entnehmen. Wie schon erwähnt, liebt es der Fili, in die Prosa eigentliche Gedichte einzuschalten. Sonst fühlt er sich am sichersten, wo er die Rede des täglichen Lebens, das Gespräch, wiedergiebt. Dagegen sind ihm rein erzählende Partien nicht behaglich; in grossen Sprüngen, so dass der moderne Leser oft kaum zu folgen vermag, eilt er über sie hinweg, bis er wieder zur direkten Rede und Gegenrede übergehen kann. Höchstens bei Schilderungen verweilt er gerne. Das giebt der Erzählung etwas Lebhaftes, Dramatisches, freilich auch etwas

Unruhiges. Welch ein Gegensatz zu dem ruhigen Fluss der homerischen Darstellungsweise!

So dankbar wir der Schreibkunst sein müssen, dass sie uns diese Erzeugnisse einer längst vergangenen Zeit aufbewahrt hat, so hat sie doch auf die Erzählungen selber nicht günstig eingewirkt. Diese hatten ursprünglich etwa den Umfang unserer Märchen, so viel eben ein nicht sehr geduldiges Publikum gern auf einen Sitz anhört. Die Fähigkeit, zu lesen und zu schreiben, und das Muster anderer Litteraturen verleitete nun aber zu einer Erweiterung der Rahmen, zu einer Ausdehnung der Geschichten. Dabei verfuhr man anfangs sehr naiv. Man arbeitete einfach verschiedene Erzählungen, die sich auf ein Ereignis oder auf einen Helden bezogen, in einander, indem man bald dieser, bald jener Version folgte; das Resultat war ein ziemlich rohes Mosaik voller Widersprüche und Wiederholungen. Dem modernen Philologen fällt es zwar meist nicht schwer, die Fugen nachzuweisen und die einzelnen Bestandteile loszutrennen. Aber ein Kunstwerk hat er nicht mehr in Händen; weder das Ganze ist eins, noch die einzelnen Stücke, da ihnen bald der Kopf, bald das Ende, bald sonst ein Glied fehlt. Glücklicherweise sind doch einige Sagen diesem Schicksal entgangen, wohl weil sie zur Zeit der Niederschrift nicht in verschiedener Form umliefen. Jene Mängel sind schon im Mittelalter empfunden worden, und wir treffen mehrfach Versuche, den zusammengestoppelten Werken durch Umstellungen und Umarbeitung grössere Einheit zu verleihen; aber meist ist der Erfolg gering. Nach solchen Mustern wurden dann auch direkt umfangreichere Geschichten verfasst, die von vorn herein nicht für die mündliche Erzählung, sondern für die Niederschrift bestimmt waren. Doch gelingt es dem mittelalterlichen Komponisten selten, eine längere Reihe von Begebenheiten fest zur Einheit zu verketten; meist reiht sich ein Glied der Erzählung, locker angefügt, an das andere, so dass der moderne Leser bald ermüdet. Nur in Reisebeschreibungen sind wir noch heute an diesen Stil gewöhnt, weil der Stoff selber eine andere Verknüpfung als die der zeitlichen Folge auszuschliessen pflegt. Darum habe ich als Muster dieser Gattung den Bericht über eine fabelhafte Seereise (No. 13) gewählt, der zudem ursprünglich durch poetische Form fester zusammengehalten war.

Das Irland, in dem die Sagen spielen, muss man sich von dem heutigen nicht unwesentlich verschieden denken. Kann man heute in manchen Gegenden tagelang wandern, ohne nur auf einen Baum zu stossen, ausser etwa in der Umgebung der Herrensitze, so überwog nach einer Beschreibung des zwölften Jahrhunderts noch damals das Waldland weit die offenen Felder. Geblieben sind die vielen Moore, die Seen und weit ins Land eindringenden Meeresarme, die der Ire mit demselben Ausdruck (loch) bezeichnet. Mühsam wanden sich einst wenige Fahrwege zwischen Sumpf, Wald und Gebirge hindurch. Städte fehlten ganz vor dem Einfall der norwegischen und dänischen Normannen. Die Könige und die adligen Herren sassen auf ihren Burgen, die Bauern auf mehr oder weniger zerstreuten Höfen. Die ganze Insel, deren Bewohner sich Gälen (irisch: Gaedil) nannten, zerfiel nicht, wie heute, in vier Provinzen, sondern in fünf Landschaften, die darum „Fünftel" hiessen. Zu den noch heute bestehenden Ulster (Bewohner: Ulter), Connaught (Bewohner: Connachter), Leinster (Bewohner: Lagner) und Munster trat als fünfte ein kleinerer Bezirk Mide, dessen Namen die heute zu Leinster gehörigen Grafschaften Meath und Westmeath bewahrt haben; doch umfasste er auch grosse Striche der Grafschaften Longford, Dublin und Kings County. Das Fünftel Mide galt als spezielles Land des Oberkönigs von Irland, wenn ein solcher gewählt war. Er überragte an Rang die Könige der einzelnen Fünftel. Seine Residenz war die sagenberühmte Burg Temir, heute der Tara-Hügel, etwa 10 Kilometer südlich von Navan (Grafschaft Meath). Da die Sagen oft sehr genaue Ortsbestimmungen geben, habe ich in den Einleitungen die modernen Entsprechungen der Ortsnamen angemerkt, soweit sie von den einheimischen Gelehrten, namentlich von O'Donovan und O'Curry, herausgefunden worden sind, damit sich der Kenner Irlands einen Begriff von dem Schauplatz der einzelnen Begebenheiten bilden könne.

Bei einem so adelsstolzen Volke, wie die Kelten in alter Zeit überall auftreten, versteht es sich fast von selbst, dass in der Sage meist nur die Könige und der Hochadel, die Stammeshäuptlinge, eine Rolle spielen. Krieg und Viehraub, Jagd und Sport, Gelage bei Bier oder Meth und Liebesabenteuer sind ihre liebste Beschäftigung. Die Kultur steht zum Teil noch auf einer Stufe, wie wir sie jetzt etwa im innern Afrika antreffen; und es ist nicht der geringste Reiz dieser Erzählungen, ein indogermanisches Volk auf dieser Entwicklungsstufe sich selber schildern zu sehn. Man wird übrigens den lebhaften, leicht erregbaren Iren unserer Tage in diesem Bildnis seiner Kindheit unschwer wiedererkennen. Die Kleidung besteht bei Männern und Frauen am häufigsten aus zwei Hauptstücken, dem unmittelbar auf dem Leibe getragenen Hemd und dem meist viereckigen Mantel, der über der Brust durch einen Dorn oder eine Spange zusammengehalten wird. Das Hemd fasst ein Gürtel zusammen, an dem ein Beutel oder eine Tasche angebracht ist. Doch werden auch Röcke erwähnt, sowohl über einem Untergewand als unter dem Mantel. Die Hauptwaffen im Krieg sind der wuchtige Wurfspeer und das Schwert, zur Abwehr der Schild. Leichter Bewaffnete oder Jagende tragen zwei kleinere Speere. Auch die Schleuder kommt gelegentlich vor. Der König und die grossen Herren der ältesten Sage fahren, wie bei Homer, auf dem zweiräderigen Wagen in die Schlacht; „Wagenfahrer" ist daher so viel als „Fürst" oder „Edler". Die Wagendeichsel ist durch das Joch am Nacken der zwei Pferde befestigt. Hinten ragen aus dem Wagen Stangen hervor, die oft erwähnt werden; in eine solche verbeisst sich z. B. in der ersten Erzählung der Hund Albe. Wie im skandinavischen Norden, so herrschte auch in Irland die Sitte, dass Kinder oft nicht im elterlichen Hause aufwuchsen, sondern einem Freund oder einem Mann in hoher Stellung zur Erziehung übergeben wurden. Ihr Verhältnis zum Pflegevater und zu dessen leiblichen Kindern pflegte sich besonders innig zu gestalten, und häufig wurden so festere Bande geschmiedet als durch die Blutsverwandtschaft.

Das Gegebene wird zum Verständnis genügen; ich würde

den Eindruck nur abzuschwächen fürchten, wenn ich mehr vor-
wegnähme. Zur Bequemlichkeit des Lesers sind die Erklärungen,
die jeweils beim ersten Auftreten von Namen und andern Aus-
drücken gegeben sind, am Schluss in einem alphabetischen Ver-
zeichnis wiederholt worden. Noch sei zur Aussprache der irischen
Eigennamen bemerkt, dass jedes einheitliche Wort auf der
ersten Silbe betont wird; man spreche also Férgus, Álill, Cónchobar, Láegire, Sétanta, Fer-Lóga, Mael-Fóthartig, Múrthemne-
Feld u. s. w.

R. Thurneysen.

1. Wie das Schwein des Sohns der Stummen zerlegt wurde.

Schon die alten Römer wissen davon zu melden, wie gut sich die keltischen Völker auf die Schweinemast verstanden. Varro berichtet in seinem Buch über den Landbau II, 4, 11, dass bei den Galliern die Schweine so fett wurden, dass sie nicht mehr gehen konnten, sondern auf Lastwagen fortbewegt werden mussten. Von einem keltischen Stamm im heutigen Portugal erhielt der Senator Volumnius zwei Schweinsrippchen, die zusammen 23 Pfund wogen; sie gehörten einem Schwein an, bei dem der Abstand zwischen Haut und Knochen einen Fuss und drei Finger betragen haben sollte. Mit dem Riesenschwein unserer Geschichte, das zur Speisung zweier Heere dienen soll, und an dessen Schwanz allein neun Männer zu tragen haben, kann sich jenes allerdings nicht messen.

Die halb wilde, halb humoristische Erzählung führt uns gut in die Periode ein, der die Mehrzahl der altirischen Sagen angehören. Sie spielen in der Zeit, da über Ulster der gewaltige König Conchobar, Sohn der Ness, herrschte; seine Residenz ist Emin Macha, von deren Graben und Wall noch heute einige Überreste im Navan Fort, drei Kilometer westlich von Armagh, zu sehen sind, obschon sie nach den irischen Annalen schon im vierten Jahrhundert zerstört worden ist. Seine grossen Gegner sind das Herrscherpaar von Connaught, König Alill, der Sohn Matas oder Magas, und seine Gemahlin Medb, die in der Sage eine hervorragendere Rolle spielt als ihr Mann. Sie residieren in Cruachan oder Cruachna Ai, einem Hügel, der sich auf dem Ai-Feld (irisch: Mag Ai) erhebt, einer grossen Ebene in der heutigen Grafschaft Roscommon. Als Zeit der genannten Herrscher glaubten die irischen Historiker etwa den Beginn unserer Zeitrechnung bestimmen zu können. Vielen der Helden, die sich in unserer Geschichte gleichsam einzeln vorstellen, werden wir später wieder begegnen.

Der Wohnsitz des Königs von Leinster scheint ziemlich weit südlich gedacht. Die Flucht der Connachter durchstreift den grössten Teil der Grafschaft Kildare: von der Mugna-Strasse (heute Ballaghmoon) im Süden über Mastiu (Mullaghmast) bis Kildare und Imgans Burg (Rathangan); dann wendet sich die Flucht mehr westlich nach dem „Rücken der zwei Felder", einem Hügel in Kings County, und nach Bile (heute die Baronie Farbill in Westmeath). Die Luan-Furt, über die am Schluss Fer-Loga entlassen wird, ist Athlone, wo der Shannon die Grenze zwischen Connaught und Mide bildete.*)

Einst herrschte ein berühmter König über die Lagner; der hiess Sohn der zwei Stummen. Er hatte einen Hund, der ganz Leinster behütete. Der Hund hiess Albe, und Irland war voll von seinem Ruhm.

Da kamen Leute von Alill und Medb, um den Hund zu bitten. Zur gleichen Stunde wie sie, kamen auch Boten von Conchobar, dem Sohn der Ness, der denselben Hund begehrte. Man begrüsste sie alle und führte sie zum Sohn der Stummen in den Palast.

Dieser Palast hatte sieben Thüren, und sieben Wege führten hindurch; drinnen standen sieben Herde und sieben Kessel; in jedem Kessel war Ochsenfleisch und gesalzenes Schweinefleisch. Jeder Mann, der des Weges kam, durfte die Gabel in den Kessel stossen, und was er mit dem ersten Stoss fing, das mochte er essen. Erhielt er mit dem ersten Stoss nichts, war ihm kein zweiter gestattet.

So führte man denn die Boten zu ihm auf seine Pritsche, dass er ihr Begehr vernehme vor dem Mahle. Sie erstatteten ihren Bericht.

„Um den Hund zu bitten", sagten die Connachter Boten, „sind wir von Alill und Medb gekommen. Du sollst sofort sechzig mal hundert Milchkühe dafür erhalten und den besten Wagen mit zwei Pferden, den es in Connaught giebt; ferner nach Verlauf eines Jahres noch einmal so viel".

„Auch wir sind gekommen, um ihn zu bitten", sagten die Ulter Boten, „von Conchobar gesandt. Und Conchobar ist als Freund nicht weniger wert. Auch er wird dir Schätze und

---

*) Der irische Text steht im Facsimile des Book of Leinster, Seite 111 b. Nach dieser und zwei anderen Handschriften hat ihn Windisch, Irische Texte I 96, herausgegeben; darnach ist er von Duvau ins Französische übersetzt bei d'Arbois de Jubainville, L'épopée celtique en Irlande, p. 66. Eine vierte Handschrift, die den Text nur unbedeutend verändert, hat Kuno Meyer, Hibernica minora, p. 51, veröffentlicht und mit einer englischen Uebersetzung versehen.

Vieh geben und denselben Betrag noch einmal nach Verlauf
eines Jahres; und er wird gute Freundschaft mit dir halten".
　　Da versank der Sohn der Stummen in tiefes Schweigen;
zwei volle Tage trank er nicht, ass er nicht, schlief er nicht,
sondern wälzte sich von einer Seite auf die andere. Da sprach
seine Frau zu ihm: „Du hältst lange Fasten. Du hast Speise
vor dir und issest nicht. Was ist dir?" — Er gab der Frau
keine Antwort; da sprach sie weiter:

> „Schlafes-Störung ward gebracht
> Dem Sohn der Stummen in sein Haus;
> Wohl hätt' er was zu beraten,
> Doch zu niemand redet er.
>
> Von mir weg, zur Wand hin dreht sich
> Der Irenfürst, der grimme Held.
> Sein kluges Weib bemerkt es wohl,
> Dass der Schlaf den Gatten flieht."

Der Mann: „Crimthann sprach, der Neffe Nars:
> Sag' dein Geheimnis keiner Frau!
> Frau'ngeheimnis birgt sich schlecht.
> Sklaven vertraut man kein Juwel."

Die Frau: „Auch dem Weibe magst du's sagen,
> Kann dadurch nichts schlimmer werden.
> Was du selber nicht ersinnst,
> Fällt gar oft dem andern ein."

Der Mann: „Mesroids Hund, des Sohns der Stummen —
> Wehe, dass man nach ihm sandte!
> Viele schöne Männer fallen
> Seinethalb in zäher Schlacht.
>
> Wird er Cónchobar verweigert,
> Fürchterlich seh ich die Folgen:
> Meine Rinder, meine Länder —
> Nichts verschonen seine Heere.
>
> Wag ich Alill abzuweisen,
> Stürzt sich Irland auf mein Volk;
> Matas Sohn führt uns hinweg,
> Nichts als Asche bleibt zurück."

Die Frau: „Einen Rat hab ich für dich,
            Der die schlimmen Folgen hebt:
            Gieb den Hund doch allen beiden;
            Mögen sie sich drum erschlagen!"

Der Mann: „Ja, der Rat, den du mir giebst,
            Der befreit mich von der Sorge.
            Albe, ihn hat Gott gesandt;
            Niemand weiss, von wem er kam."

Dann stand er auf, reckte sich und sagte: „So lasst uns und die Gäste, die nach ihm gesandt sind, guter Dinge sein." — Diese blieben drei Tage und drei Nächte bei ihm.

Dann liess er die Connachter Boten besonders zu sich rufen und sprach zu ihnen: „Ich war in grosser Sorge und habe lange geschwankt, bis ich zum Entschluss kam. Nun hab ich den Hund Alill und Medb bestimmt. Sie sollen mit Gepränge heranziehen und ihn abholen. Trank und Speise werden sie vorfinden und den Hund erhalten. Sie sind mir willkommen!" — Mit diesem Bescheid waren die Connachter Boten wohl zufrieden.

Darauf ging er zu den Ulter Boten und sprach: „Nach langem Schwanken hab ich den Hund Conchobar bestimmt; er wird stolz darauf sein. Die Scharen der Edeln von Ulster sollen ihn abholen. Sie werden Geschenke erhalten, und ich will sie begrüssen." — So waren die Ulter Boten befriedigt.

Er hatte aber beide, die von Osten aus Ulster und die von Westen aus Connaught, auf denselben Tag bestellt. Die versäumten es nicht; an einem Tage kamen zwei Fünftel Irlands vor den Palast des Sohns der Stummen. Er ging selber hinaus und begrüsste sie: „Auf zwei Heere auf einmal waren wir nicht vorbereitet. Dennoch, ihr Männer, heiss ich euch willkommen. Tretet herein ins Gehöfte!"

Da zogen sie alle in den Palast ein; die eine Hälfte des Hauses erhielten die Connachter, die andere die Ulter. Denn das Haus war nicht klein; es hatte sieben Thüren und zwischen je zwei Thüren fünfzig Pritschen. Aber im Hause sah man keine Gesichter, wie sie Freunde beim Mahl zeigen. Gar viele unter ihnen hatten mit den andern schon einen Strauss gehabt. Denn seit dreihundert Jahren vor Christi Geburt bestand Krieg zwischen Connaught und Ulster.

Nun schlachtete man ihnen das Schwein des Sohns der Stummen. Zu dessen Nahrung hatte sieben Jahre lang die Milch von sechzig Kühen gedient. (Aber mit Gift muss es genährt worden sein, auf dass viele Männer Irlands um seinetwillen umkämen!)

So brachte man ihnen das Schwein und vierzig Ochsen als Unterlage, abgesehen von der andern Speise. Der Sohn der Stummen machte selbst den Haushofmeister. „Seid mir willkommen", sagte er. „Das Tier hat nicht seines gleichen. Die Lagner haben Rinder und Schweine. Sollte noch etwas mangeln, wird man euch's morgen schlachten."

„Das Schwein ist schön", sagte Conchobar.

„Freilich ist es schön", sagte Alill. „Wie bestimmen wir den, der es zerlegt, Conchobar?"

„Wie?" rief Bricriu Carbads Sohn von oben herab; „da wo die Kämpen der Iren versammelt sind, nur nach Massgabe seiner Waffenthaten und Kämpfe! Hat doch schon jeder von ihnen dem andern einen Streich über die Nase gegeben."

„So solls geschehen", sagte Alill.

„So ziemt sichs", stimmte Conchobar bei. „Haben wir doch Bursche genug hier im Haus, die das Grenzland durchstreift haben."

„Du wirst sie heut Abend nötig haben, deine Bursche, Conchobar", meinte Senlaech Arad aus dem Conalad-Röhricht in Connaught. „Oft haben sie mir ein fettes Rind lassen müssen, wenn ich ihr Vieh auf den Strassen des Dedad-Röhrichts forttrieb."

„Fetter war doch das Rind, das du uns hast lassen müssen: deinen eigenen Bruder, Cruachniu Ruadloms Sohn, von den Conalad-Hügeln."

„Der zählt nicht mehr", warf Lugid Cu-Rois Sohn ein, „als Loth der Grosse, der Sohn Fergus', des Sohnes Letes, der in der Gewalt Echbels des Sohnes Dedas blieb in Temir Lochra."

„Was sagt ihr denn dazu", fragte der Ulter Keltchir Utechars Sohn, „dass ich Hornhaut Dedas Sohn erschlug und ihm den Kopf abhieb?"

So kamen sie schliesslich hart an einander, bis ein Mann sich über die Männer Irlands erhob; das war Ket Matas Sohn aus Connaught. Der hing seine Waffen höher als die Waffen

der Menge,*) nahm ein Messer in die Hand und setzte sich
zum Schwein.

„Jetzt soll sich ein irischer Mann finden“, sagte er, „der
den Wettstreit mit mir aufnimmt, oder man lasse mich das
Schwein zerlegen.“

Da verstummten die Ulter.

„Du siehst es, Laegire!“ sagte Conchobar.

„Dazu wirds nicht kommen“, rief Laegire, „dass Ket das
Schwein zerlegt vor unsern Augen!“

„Nur langsam, Laegire!“ erwiderte Ket. „Lass mit dir
reden. Bei euch Ultern herrscht der Brauch, dass jeder Knabe,
der die Waffen erhält, sein erstes Waffenspiel gegen uns spielt.
So kamst auch du ins Grenzland. Wir gerieten dort an einander. Du liessest Rad und Wagen und Pferde zurück und
entwichst, von einem Speer durchbohrt. So kommst du nicht
zum Schwein!“

Da setzte sich Laegire.

„Dazu wirds nicht kommen“, sagte ein schöner, grosser
Kämpe, indem er von der Pritsche vortrat, „dass Ket das Schwein
zerlegt vor unsern Augen.“

„Wem gehört der?“ fragte Ket.

„Er ist ein besserer Kämpe als du“, hiess es, „Oengus,
Sohn von Hand-in-Gefahr, aus Ulster.“

„Weshalb heisst dein Vater Hand-in-Gefahr?“ fragte Ket.
„Weshalb denn?“

„Ich weiss es“, sagte Ket. „Ich zog einmal ostwärts nach
Ulter. Ringsum schrie man auf. Alles eilte herbei. Auch
Hand kam. Er warf einen grossen Speer nach mir. Ich
schleuderte ihm denselben Speer zurück; der schnitt ihm die
Hand ab, dass sie auf dem Boden lag. Was sollte seinen Sohn
zum Wettstreit mit mir führen?“

Da trat Oengus zu seinem Sitz zurück.

„Haltet den Wettstreit aufrecht“, sagte Ket, „oder ich zer-
lege das Schwein.“

„Dazu wirds nicht kommen, dass du es zerlegst vor allen
andern“, sagte ein schöner, grosser Kämpe aus Ulster.

„Wer ist das?“ fragte Ket.

„Das ist Eogan Durthachts Sohn“, hiess es, „der Fürst
von Fernmag.“

---

*) Ein Zeichen des Vorrangs.

„Ich hab dich schon einmal gesehen", sagte Ket.

„Wo sahst du mich?" fragte Eogan.

„Vor deinem Haus, als ich dein Vieh forttrieb. Ringsum im Lande schrie man auf. Auf das Geschrei kamst du herbei. Du warfst einen Speer nach mir, dass er an meinem Schilde stak. Ich warf dir denselben Speer zurück; der fuhr dir in den Kopf und riss dir ein Auge aus. Die Männer Irlands sehen dich einäugig. Ich bins, der dir das andere Auge aus dem Kopfe schlug."

Da setzte sich auch der.

„Sorgt weiter für den Wettstreit, Ulter!" rief Ket.

„Noch wirst du's nicht zerlegen", sagte Dickhals Gergenns Sohn.

„Ist das nicht Dickhals?" fragte Ket. „Ich habe endlich Wort gehalten, Dickhals. Keine zwei Tage sind es her, dass ich die Köpfe dreier Krieger aus deinem Lande trug, in der Mitte den Kopf deines ersten Sohns."

Da setzte sich auch der.

„Weiter mit dem Wettstreit!" rief Ket.

„Das kann dir werden", sagte Menn, Sohn von Fersen-Schwertchen.

„Wer ist's?" fragte Ket.

„Menn", hiess es.

„Ei was! Der Sohn von Kerlen mit Spitznamen kommt zum Wettstreit mit mir? Denn durch mich erhielt dein Vater seinen Namen; ich hieb ihm die Ferse mit dem Schwert ab, dass er sich auf einem Bein vor mir rettete. Was sollte den Sohn des Einbeinigen zu mir führen?"

Da setzte sich auch der.

„Weiter mit dem Wettstreit!" rief Ket.

„Das kann dir werden", sagte ein grosser, grauer, schreckhafter Kämpe aus Ulster.

„Wer ist's?" fragte Ket.

„Keltchir Uthechars Sohn", hiess es.

„Nur langsam, Keltchir, wenn du mich nicht gleich zerquetschen willst! Einst kam ich vor dein Haus, Keltchir. Ringsum schrie man auf. Alle liefen herbei. Auch du kamst; in einer Schlucht tratest du mir entgegen. Du warfst einen Speer nach mir. Ich warf einen andern nach dir; der fuhr dir durch Schenkel und Weichen. Von der Stunde an leidest du

an Harnkrankheit und ist dir weder Sohn noch Tochter geboren
worden. Was sollte dich zu mir führen?"

Da setzte sich auch der.

„Weiter mit dem Wettstreit!" rief Ket.

„Das kann dir werden", sagte Cuscrid der Stammler von
Macha, König Conchobars Sohn.

„Wem gehört der?" fragte Ket.

„Es ist Cuscrid", hiess es. „Zum König taugt seine Gestalt."

„Dank weiss ich dir keinen", sagte der Jüngling.

„Wohl", sagte Ket. „Zu deinem ersten Waffengang zogst
du gegen uns, Bursche. Im Grenzland gerieten wir an einander. Du liessest ein Drittel deiner Leute zurück; du selber
entkamst mit einem Speer durch den Hals, dass du kein Wort
mehr richtig sprechen kannst; denn der Speer hat dir die
Sehnen des Halses durchschnitten. Darum heisst du seither
Cuscrid der Stammler."

Auf solche Weise beschimpfte er das ganze Fünftel Ulster.

Wie er nun beim Schwein frohlockte, das Messer in der
Hand, sah man Conall Kernach herein kommen. Der sprang
mitten ins Haus. Die Ulter begrüssten ihn laut; Conchobar
selber nahm seinen Kopfschmuck vom Haupt und schwang ihn.

„Ich bekäme gern meinen Antheil", sagte Conall. „Wer
zerlegt für euch?"

„Es hat dem zugestanden werden müssen, den du dabei
siehst", erwiderte Conchobar, „Ket dem Sohne Matas."

„Wirklich, Ket?" rief Conall. „Du solltest das Schwein
zerlegen?"

Da sang Ket:

„Willkommen, Conall!   Herz von Stein!
Wildglut des Feuers!   Flimmern des Eises!
Zornwallendes Blut   in des Helden Brust,
Des narbigen Schlachtensiegers!
Du, Sohn der Finnchaem, kannst dich mit mir messen."

Conall erwiderte:

„Willkommen, Ket!   Erstgeborener Matas!
Ein Heldenort   dein Herz von Eis!
Schweif des Schwans!   Wagenheld der Schlacht!
Stürmendes Weltmeer!   Schönwüthender Stier!

Ket Matas Sohn!
Das wird sich zeigen, wenn wir uns treffen,
Und wird sich zeigen, wenn wir uns trennen.
Der Ochsentreiber wird davon erzählen,
Der Handarbeiter davon zeugen.
Helden werden zum wilden Löwenkampf schreiten,
Mann stürzt sich über Mann heut Nacht in diesem Haus."

„Geh nun weg vom Schwein!" sagte Conall.

„Was sollte denn dich zu ihm führen?" fragte Ket.

„Ihr habt das Recht, den Wettstreit mit mir zu fordern," sagte Conall. „Ich will dir nur eines bieten, Ket. Ich schwöre, was mein Stamm schwört: seit ich den Speer in meine Hand bekommen habe, ist kein Tag vergangen, ohne dass ich einen Connachter erschlagen habe, keine Nacht ohne Plünderung, und nie hab ich geschlafen ohne den Kopf eines Connachters unter meinem Knie."

„Es ist wahr", sagte Ket, „du bist ein besserer Kämpe als ich. Wäre nur Anluan hier im Haus; der könnte dir Stand halten. Schade für uns, dass er nicht hier ist!"

„Er ist ja hier", rief Conall, indem er Anluans Kopf aus seinem Gürtel hervorzog. Und er warf ihn Ket an die Brust, dass ihm ein Schluck Blut über die Lippen trat. Da liess dieser ab vom Schwein, und Conall setzte sich dazu.

„Jetzt sollen sie zum Wettstreit kommen!" rief Conall.

Doch fand sich unter den Connachtern kein Krieger, ihn zu bestehen. Um ihn herum aber hielt man rings Buckelschilde wie ein grosses Fass; denn im Haus begann die schlimme Sitte, dass tückische Menschen hinterrücks Speere warfen. Nun machte sich Conall ans Zerlegen des Schweins; dazu nahm er das Ende des Schwanzes in den Mund. Und er sog den Schwanz, an dem neun Männer zu tragen hatten, ganz ein, dass er nichts davon übrig liess. Den Connachtern aber gab er bei der Verteilung nichts als die beiden Vorderfüsse des Schweins.

Dieser Anteil kam den Connachtern klein vor. Sie sprangen auf, auch die Ulter sprangen auf, und man stürzte auf einander los. Da gab es Backenstreiche, dass der Leichenhaufe mitten im Haus so hoch wurde wie die Seitenwand des Hauses; und Bäche von Blut flossen durch die Thüren.

Nun drängten die Scharen durch die Thüren hinaus, und

gewaltiges Getöse erhob sich. Das Blut auf dem Boden des Gehöftes hätte eine Mühle drehen können, so hieb einer auf den andern ein. Damals riss Fergus eine grosse Eiche aus den Wurzeln, die mitten im Gehöfte stand, und schwang sie gegen die andern. Dann stürzten sie aus dem Gehöfte hinaus, und der Kampf ging draussen weiter.

Nun trat der Sohn der Stummen heraus, den Hund an seiner Seite; den wollte er loslassen zwischen sie hinein, um zu sehen, wessen Partei des Hundes Spürsinn wählen werde. Der Hund entschied sich für Ulster und stürzte sich auf die erliegenden Connachter; denn diese flohen.

Man erzählt, in den Albe-Feldern habe der Hund die Stange des Wagens, in dem Alill und Medb fuhren, gepackt. Da traf ihn Fer-Loga, der Wagenlenker von Alill und Medb, so, dass sein Rumpf auf die Seite fiel, der Kopf aber an der Wagenstange festgebissen blieb. Eben darum sage man Albe-Feld, weil der Hund Albe hiess.

Die Flucht ging weiter, nordwärts auf der Mugna-Strasse von Alt-Roiriu, durch die Midbine-Furt in Mastiu, am Criach-Rücken vorbei, der heute Kildare heisst, an Imgans Burg vorüber in den Gable-Wald, zu Mac Lugnas Furt, am Rücken der zwei Felder vorbei, über Corpres Brücke. Bei der Hundskopf-Furt in Bile, da fiel der Kopf des Hundes vom Wagen.

Als man westwärts durch die Heide von Mide kam, liess sich Fer-Loga, Alills Wagenlenker, ins Heidekraut nieder, sprang hinter dem verfolgenden Conchobar auf den Wagen und packte seinen Kopf von hinten.

„Danke mirs, wenn ich dir das Leben lasse, Conchobar!"

„Wähle frei", erwiderte Conchobar.

„Es soll nichts Grosses sein", sagte Fer-Loga. „Nimm mich mit nach Emin Macha; und um jede neunte Stunde sollen die mannlosen Frauen von Ulster und die erwachsenen Mädchen ein Kepok-Lied um mich singen und sagen: „Fer-Loga ist mein Schatz."

Das musste nun geschehen. Denn man wagte es nicht zu verweigern, Conchobars wegen.

Nach Verlauf eines Jahrs wurde Fer-Loga über die Luan-Furt nach Connaught entlassen und bekam Conchobars zwei Pferde mit goldenen Zügeln mit. —

2. Warum Usnechs Söhne ausser Landes zogen.

Die folgende Geschichte bedarf keines Kommentars. Ihrem
inneren Wert verdankt sie ihre Beliebtheit auch in späteren
Jahrhunderten; sie ist nachmals mehrfach ausgeschmückt und erweitert worden, und in Macphersons ossianischer Dichtung Darthula
klingt wenigstens der Name der Heldin, Derdriu, noch nach.*)

Einst zechten die Ulter im Hause Fedlimids, des Sohnes Dalls,
des Geschichtenerzählers König Conchobars. Die Frau
Fedlimids wartete den Männern stehend auf; die war schwanger.
Trinkhorn und Fleischportion gingen herum, und trunkenes
Geschrei erhob sich.

Als man sich schlafen legen wollte, ging auch die Frau
nach ihrem Bett. Wie sie mitten durchs Haus schritt, kreischte
das Kindlein in ihrem Leibe, dass man es durch das ganze Gehöfte hin hörte. Bei diesem Schrei sprangen alle Männer auf
und drängten sich Kopf an Kopf im Hause. Da beschwichtigte
sie Sencha Alills Sohn:

„Bleibt ruhig", sagte er. „Man soll die Frau zu uns
führen, damit man erfährt, was dieser Lärm bedeutet."

Und man brachte die Frau herbei. Da sprach ihr Gatte
Fedlimid:

„Welch rasender Schall
Tobt dir, o Weib, im hallenden Leibe?

---

*) Der irische Text ist veröffentlicht in den Facsimiles des Book of Leinster
259b und des Yellow Book of Lecan 109b, gedruckt von O'Curry, Atlantis III 398,
und von Windisch, Irische Texte I 59, von ersterem mit einer englischen Uebersetzung.
Französische Uebersetzungen von Ponsinet, Revue des traditions populaires, T. III,
und von Dottin bei d'Arbois de Jubainville, L'épopée celtique en Irlande, p. 217.

Der mit Ohren ihn hört, den zerschmettert der Schrei
Aus deinen starkschwellenden Seiten.
Grosses Weh befürchtet mein Herz,
Blutig verwundet."

Sie trat zu Cathbad — denn der war ein Weiser — und
sprach:

„Hört Cathbad, den schönen mit lieblichem Antlitz,
Der Fürsten edles Diadem und mächtig,
Den der Druiden Zauberkunst erhebt!
Denn nicht eignen mir selbst weisse Worte,
Kunde zu geben,
Was in des Leibes Höhle mir aufschrie.
Weiss doch ein Weib nicht,
Was es im Leib trägt!"

Da sprach Cathbad:

„In deines Leibes Höhle schrie auf
Ein Weib, blondhaarig, blondgelockt,
Mit schönen, blaugesternten Augen.
Die Wangen wie Fingerhut, bläulich-purpurn.
Der Farbe des Schnees stellen wir gleich
Der Zahnreihe Pracht, der tadellosen.
Roth wie Saffian leuchten die Lippen.
Ein Weib, das Streit und Mord erregt
Unter Ulsters Wagenkämpfern."

„Laut schrie in deinem hallenden Leib
Ein Weib, weiss, schlank, mit langem Haar,
Um das Helden streiten werden,
Um das Hochkönige werben werden.
Mit schwerem Gefolge wirds westwärts ziehen
Heimlich aus Cónchobars Land.
Saffianrote Lippen umschliessen
Wie Perlen glänzende Zähne.
Königinnen werden ihr neiden
Ihre Gestalt ohne Makel und Fehl."

Dann legte Cathbad seine Hand auf den Leib der Frau,
und das Kindlein tobte unter der Hand. „Richtig", sagte er,

„hier ist ein Mädchen; und Derdriu („Toberin') wird ihr Name
sein. Und Schlimmes wird sie bringen!"

Später kam das Mädchen zur Welt; da sang Cathbad:

„Derdriu, wirst du schön und weiss,
Welchen Mann wirst du verschmähn!
Ulster bringst du vieles Leid,
Züchtig Mädchen Fédlimids!

Langhin wirkt das Unheil fort,
Glänzend Weib, das du verschuldest.
Hör's! Zu deiner Zeit ziehn aus
Die drei hohen Söhne Usnechs.

In Emin, zu deiner Zeit,
Wird die böse That geschehen.
Lang wird ihr Verlust noch schmerzen,
Königssöhne werden fallen.

Du verschuldest, herrlich Weib,
Dass aus Ulster Fergus weicht;
Vielbeweint sinkt in den Staub
Fiachna, Enkel Cónchobars.

Grause That vollbringst du selbst,
Zürnend Ulsters hohem König.
Wo dein enges Grab du findest,
Derdriu, weit spricht man davon."

„Man soll das Mädchen töten", sagten die Ulter.

„Nicht doch!" sagte Conchobar. „Bringt das Mädchen
morgen zu mir; es soll nach meinem Willen erzogen werden
und soll mein Eheweib werden."

Die Ulter wagten nicht, ihn darum zurechtzuweisen. So
geschah es denn. Sie wuchs bei Conchobar auf und wurde die
allerschönste Jungfrau in Irland. Man erzog sie aber in einem
Gehöfte abseits, damit kein Ulter sie sähe bis zu der Stunde, da
sie mit Conchobar das Lager teilen würde. Kein Mensch wurde
ins Haus gelassen als ihr Pflegevater und ihre Pflegemutter und
ausserdem Leborcham; der konnte man es nicht verweigern,
denn sie war eine Hexe.*)

---

*) Genauer eine Frau, die, wenn man ihr eine Bitte abschlägt, sich durch
Rügelieder zu rächen weiss und auch sonst kräftige Sprüche kennt.

Einst im Winter war Derdrius Pflegevater damit beschäftigt, draussen auf dem Schnee ein Kalb zu häuten, um es für sie zu braten. Da sah sie einen Raben von dem Blut auf dem Schnee trinken. Und sie sprach zu Leborcham:

„Lieben müsst' ich den Mann, der die drei Farben dort an sich hätte: das Haar wie der Rabe, die Wange wie das Blut, den Leib wie der Schnee."

„Heil und Glück dir!" rief Leborcham. „Der ist nicht weit. Er ist drinnen in der Burg in deiner Nähe; es ist Noisi Usnechs Sohn."

„So werd ich nicht gesund sein, bis ich ihn sehe."

Einst befand sich Noisi allein auf dem Walle der Burg Emin und liess seine Stimme erschallen. Wohlklingend war die Stimme der Söhne Usnechs. Jede Kuh und jedes Kleinvieh, das sie hörte, das gab beim Melken zwei Drittel Milch mehr als sonst; jeder Mensch, der sie hörte, den dünkte es wonnige Musik. Trefflich war auch ihre Waffenkunst; hätte sich das ganze Fünftel Ulster um sie versammelt, wenn nur die drei den Rücken gegen einander kehren konnten, blieben sie unbesiegt; so gut wussten sie zu fechten und zu parieren. Auch waren sie schnell wie Hunde beim Jagen; sie pflegten das Wild zu Tode zu hetzen.

Wie also Noisi sich allein draussen befand, entlief Derdriu zu ihm hinaus, als wolle sie an ihm vorbei. Und er kannte sie erst nicht.

„Schön ist die Kalbin, die an uns vorbeispringt", rief er ihr zu.

„Wohl müssen", erwiderte sie, „die Kalbinnen gross sein, da wo Stiere fehlen".

„Du hast ja den Stier des ganzen Fünftels*) für dich."

„Ich möchte zwischen euch zwei wählen. Dann nähm ich mir ein junges Stierchen, wie du eins bist."

„O nein!" rief Noisi. „Schon wegen der Prophezeiung nicht!"

„Sagst du das, um mich abzuweisen?" fragte sie.

„Allerdings!"

Da sprang sie auf ihn zu und ergriff beide Ohren an seinem Kopfe.

---

*) Das ist König Conchobar.

„Zwei Ohren der Schande und des Spottes sind das, wenn du mich nicht zu dir nimmst!" rief sie.

„So lass mich los, Weib!"

„Das will ich."

Da stiess er seinen Kriegsruf aus. Wie den die Ulter hörten, sprangen sie alle auf. Die Söhne Usnechs aber eilten hinaus, ihren Bruder abzuhalten.

„Was hast du?" fragten sie. „Lass nicht Streit unter den Ultern entstehen um deinetwillen."

Nun erzählte er ihnen, was ihm begegnet war.

„Das wird böse Folgen haben," sagten sie. „Was aber auch werden mag, du sollst nicht in Schande leben, so lange wir am Leben sind. Wir wollen mit dem Mädchen in ein anderes Land ziehen. Es giebt in Irland keinen Fürsten, der uns nicht willkommen hiesse."

Da hielten sie Rat. Und in derselben Nacht rückten sie aus: drei mal fünfzig Krieger und drei mal fünfzig Frauen und drei mal fünfzig Hunde und drei mal fünfzig Diener; und Derdriu war dabei. So zogen sie lange Zeit in Irland herum unter Fürstenschutz; aber häufig suchte Conchobar durch Hinterhalt und List sie zu verderben. Und sie kamen nach und nach von Esruaid an der Grenze von Ulster und Connaught südwestwärts ringsherum bis wieder zum Etar-Horn*) im Nordosten.

Doch vertrieben die Ulter sie schliesslich nach Schottland hinüber; dort liessen sie sich in der Einöde nieder. Als ihnen aber das Wild des Gebirges auszugehen begann, machten sie Raubzüge nach dem Vieh der Schotten und trieben es weg. Diese versammelten sich eines Tages, um sie auszurotten. Da zogen sie zum König von Schottland; der nahm sie in sein Gefolge auf, und sie leisteten ihm Kriegsdienste. Und sie errichteten sich eigene Häuser auf der Burgwiese. Das geschah um des Mädchens willen, damit sie nicht ihretwegen umgebracht würden.

Einst ging der Oberverwalter des Königs früh morgens um Noisis Haus herum und sah das Paar darin schlafen. Sofort eilte er zum König und weckte ihn.

„Wir haben", sagte er zu ihm, „bis heute kein dir ebenbürtiges Weib gefunden. Noisi Usnechs Sohn hat ein Weib,

---

*) Das Vorgebirge von Howth, nördlich vom Dubliner Meerbusen.

das des Königs des Weltwestens würdig ist. Lass Noisi sofort
töten und das Weib dein Lager teilen."

„Nein", erwiderte der König. „Geh lieber jeden Tag
heimlich zu ihr und wirb bei ihr für mich."

Das geschah. Aber alles, was der Oberverwalter tagsüber
zu ihr redete, pflegte sie sofort in der Nacht ihrem Gatten
zu berichten. Da sie nicht darauf einging, sandte man die
Söhne Usnechs in Gefahren, in Kämpfe und Ungemach, damit
sie umkämen. Jedoch sie zeigten sich stark in jedem Streite,
und man erzielte nichts bei ihnen durch diese Kriegszüge.

Nun wurden die Schotten zusammenberufen, um sie umzubringen, nachdem man auch dieses mit Derdriu besprochen
hatte. Sie meldete es Noisi: „Zieht aus! Denn wenn ihr nicht
diese Nacht entweicht, werdet ihr morgen erschlagen." — So
rückten sie aus in der Nacht, auf eine Insel des Meeres.

Die Kunde davon kam nach Ulster. „Es ist ein Jammer,
Conchobar", sagten die Ulter, „dass die Söhne Usnechs in Feindes-
land fallen sollen um eines schlimmen Weibes willen. Besser
wär's, Nachsicht gegen sie zu üben, damit sie in ihr Land zu-
zückkehrten, als dass sie unter den Feinden fallen."

„So mögen sie kommen", sagte Conchobar. „Ich will ihnen
Bürgen senden." — Das wurde ihnen überbracht.

„Uns ist es erwünscht", war ihre Antwort; „wir werden
kommen. Als Bürgen wählen wir Fergus und Dubthach und
Conchobars Sohn Cormac."

Diese gingen hin und bewogen sie, das Meer zu verlassen.
Nun drängte man sich aber, auf Conchobars Anstiften, um Fergus, ihn zu Biergelagen zu laden. So verweilte er dort nebst
Dubthach und Cormac. Die Söhne Usnechs aber hatten gesagt,
sie würden keine Speise in Irland berühren, bevor sie von Conchobars Speise gegessen hätten, und zogen, von Fergus' Sohn
Fiachu begleitet, auf die Burgwiese von Emin.

Eben damals war der Fürst von Fernmag, Eogan Durthachts Sohn, gekommen, um mit Conchobar Frieden zu
schliessen; denn sie hatten lange in Fehde gelebt. Der erhielt
den Auftrag, unterstützt von Conchobars Kriegsvolk die Söhne
Usnechs umzubringen, dass sie nicht bis zum Könige gelangen
möchten.

Die Söhne Usnechs standen auf der Fläche der Wiese, und
die Frauen sassen auf dem Wall von Emin. Eogan kam nun

inmitten seiner Schar über die Wiese daher; da stellte sich Fergus'
Sohn dem Noisi zur Seite. Eogan begrüsste sie mit einem Stoss
seines gewaltigen Speeres, der Noisis Rücken zerschmetterte.
Fergus' Sohn that einen Sprung, legte beide Arme über Noisi
und brachte ihn unter sich, indem er sich über ihn hinwarf. So
wurde Noisi durch den Körper von Fergus' Sohn hindurch
erstochen. Dann begann ein Morden über die Wiese hin, dass
keiner entrann, der nicht der Spitze des Speers oder der Schärfe
des Schwerts verfallen wäre. Derdriu brachte man an die Seite
Conchobars, und die Hände waren ihr auf den Rücken gebunden.

Das erfuhren die zurückgebliebenen Bürgen, Fergus, Dubthach und Cormac. Sofort eilten sie herbei und verrichteten
grosse Thaten. Dubthach tötete mit einem Speerstoss Mane,
einen Sohn Conchobars, und Fiachna, Sohn von Fedelm, Conchobars Tochter; und Fergus erschlug Traigthren Traiglethans
Sohn und seinen Bruder. Da ergrimmte Conchobar über sie,
und es kam zur Schlacht zwischen ihnen an demselben Tage,
in der dreihundert Ulter fielen. Und Dubthach mordete die
Mädchen von Ulster; und vor Tagesanbruch steckte Fergus
Emin in Brand. Dann wanderten sie aus nach Connaught zu
Alill und Medb; denn sie wussten, dass dieses Herrscherpaar
sie gut halten werde. Dreitausend Mann stark zogen sie aus.
Den Ultern bezeugten sie keine Liebe. Sechzehn Jahre lang
liessen sie Klagegeschrei und Zittern in Ulster nicht aufhören; jede
Nacht erregten ihre Rachezüge Jammern und Beben.

Derdriu lebte ein Jahr lang bei Conchobar, und während
dieser ganzen Zeit verzog sie den Mund nicht zum Lachen,
sättigte sie sich nicht an Speise noch Schlaf und erhob sie ihr
Haupt nicht von ihrem Knie. Führte man ihr aber Spielleute
vor, so pflegte sie zu sagen:

> „Dünkt die Kriegerschar euch schön,
> . Die im Schritt nach Emin schreitet?
> Stolzer schritten einst nach Haus
> Usnechs heldenhafte Söhne.
>
> Noisi kam mit Hasel-Meth,
> Und ich badet' ihn beim Feuer.
> Ardan brachte Hirsch und Eber,
> Andle Holz auf hohem Rücken.

Schmeckt euch süss der edle Meth,
Den der Ness streitbarer Sohn trinkt?
Wahrlich, häufig hatt' ich einst
Speise, die mir süsser schmeckte.

Hatte Noisi erst den Herd
Auf des Waldes Flur gebreitet,
Schmeckte süsser als Honigspeise,
Was erbeutet Usnechs Sohn.

Hell klingt eurem Ohr die Weise
Eurer Pfeifer und Hornisten.
Heut bekenn ich's frei heraus:
Hellere Weise hört' ich einst.

Wohl liebt Cónchobar der König
Seine Pfeifer und Hornisten:
Heller klangen mir die Weisen,
Die mir Usnechs Söhne sangen.

Wogendonner Noisis Lied —
Ewig konnte man ihm lauschen! —
Herrlich Ardans Mittelstimme;
Andle sang den Bass dazu.

Noisi ward das Grab gegraben.
Elend hat man ihn beschützt!
Weh mir! Ich bin's, die den Gifttrank
Eingeschenkt, an dem er starb.

Lieb war mir das schöne Berthan,
Stattliche Menschen, bergiges Land.
Ich Verlass'ne! Nie mehr werd ich
Warten auf des Usnech Sohn.

Lieb war mir sein fester Sinn,
Lieb der edle, zücht'ge Jüngling,
Nach dem Marsch durch Waldes Wall
Lieb das Kosen in der Dämm'rung.

Alle Frau'n entflammte sein Auge;
Blau war's, blitzend gegen Feinde.
Kam vom Wald er heim, so klang
Lieb durch's Dickicht seine Stimme.

Drum schlaf ich nicht,
Färbe die Nägel nicht mehr purpurn.
Freude naht nicht meinem Wachen,
Sind doch Usnechs Söhne fern!

Ich schlafe nicht
Die halbe Nacht auf meinem Lager.
Heftig stürmen die Gedanken.
Essen, lachen kann ich nicht.

Keinen Sinn hab ich für Freude,
Füll'n gleich Edle Emins Halle,
Noch für Friede, Lust und Ruhe,
Für Palast noch schönen Schmuck."

Wenn aber Conchobar sie zu besänftigen suchte, dann
sagte sie:

„O Conchobar, was willst du nur?
Du schufst mir Kummer und Klage.
Drum wird, so lang mein Leben währt,
Zu dir meine Liebe nicht gross sein.

Was unter'm Himmel das Schönste mir war,
Was ich am heissesten liebte,
Das raubtest du mir, o der schändlichen That!
Nie seh ich es mehr, bis ich sterbe.

O Jammer, dass die Schönheit verschwand,
Die Usnechs Sohn mir enthüllte!
Schwarz häuft sich Gestein über weissem Leib,
Der alle dereinst überstrahlte.

Purpurn seine Wangen, die Lippen rot
Und schwarz wie Pech*) seine Wimpern.
Die Perlenzähne erglänzten hell
Wie die edle Farbe des Schnees.

So wohlbekannt war sein köstlich Gewand
In der Schar der schottischen Krieger!
Der Leibrock schön, in Purpur gefärbt;
Die Borte von rotem Golde.

---

*) „Schwarz wie der Mistkäfer", sagt der Ire.

Das Kleid von Seide, ein kostbarer Schatz,
Mit hundert Gemmen besetzt;
Und fünfzig Unzen Silber wohl
Zu seinem Schmucke verwandt.

Das Schwert mit Goldknauf in der Hand,
Zwei Speere, grün und spitz;
Der Schild umrandet mit gelbem Gold,
Ein silberner Buckel darauf.

Der schöne Fergus beredete uns
Zu fahren über die Flut.
Um Bier hat er seine Ehre verkauft!
Seine Thaten sind alle dahin!

Wär'n alle Ulter versammelt im Feld
Und Cónchobar in der Mitte,
Ich gäbe sie alle willig dahin,
Könnt' Noisi dafür ich ertauschen.

Brich heut mir, Conchobar, nicht das Herz!
Man rühmt dich weis und klug.
Mein Schmerz wogt heftiger als die See.
Bald sink ich ins frühe Grab."

„Was hassest du am meisten von dem, was du siehst?"
fragte Conchobar.

„Dich", erwiderte sie, „und Eogan Durthachts Sohn."

„So sollst du ein Jahr bei Eogan leben!" sagte er. Und
er gab sie an die Seite Eogans.

Am Tage darauf fuhren sie nach dem Festplatz von Macha.
Sie sass hinter Eogan im Wagen. Sie hatte aber gelobt, nie
wolle sie ihre zwei Männer zugleich sehen auf Erden.

„Ei Derdriu", rief Conchobar; „so zwischen mir und Eogan
machst du Augen wie ein Schaf zwischen zwei Widdern!"

Zu ihren Häupten ragte ein grosser Felsblock. Da schlug
sie ihren Kopf an den Stein und zerschmetterte ihn. So starb sie.

3. Der Ulter Wochenbett.

Wie überall, so wurde auch in Irland die Sage gern dazu benutzt, über die Herkunft der Ortsnamen Licht zu verbreiten; teils verknüpfte man schon bestehende Sagen mit bestimmten Lokalitäten, teils spann man ganze Erzählungen aus den Ortsnamen heraus. Ein paar Beispiele hat schon die Geschichte vom Schwein des Sohns der Stummen geboten. Etwa im elften Jahrhundert entstand dann ein Werk (das Dinn-Senchas), das es unternahm, weit über hundert Namen auf solche Weise zu deuten, indem der oder die Verfasser die durch die ältere Sage gegebenen Situationen und Personennamen in freiester Weise verwendeten und variierten. Etwas früher als diese Sammlung mag die nachfolgende Geschichte entstanden sein, die den Namen der Königsburg von Ulster, Emin Macha, erklären soll. Dieser Name lässt sich nämlich im Irischen als „Machas Zwillinge" verstehen. Die eigentümliche Erzählung, die durch Stellen wie Jerem. 48, 41; 49, 22 angeregt sein mag, und auf welche andere Sagen öfters Bezug nehmen, ist zwar schon im zwölften Jahrhundert belegt. Doch gebe ich sie hier in der abgerundeteren, nur unwesentlich abweichenden Fassung, die Handschriften des vierzehnten und fünfzehnten Jahrhunderts enthalten; in dieser ist ihr ursprünglicher Zweck, die Erklärung des Ortsnamens, schon fast vergessen. Sie zeichnet sich vor anderen Geschichten dadurch aus, dass sie uns einmal einen Einblick in ein irisches Bauernhaus gestattet.*)

Ein reicher Bauer aus Ulster lebte auf den Höhen des Gebirgs in unbewohnter Gegend; er hiess Crunnchu Agnomans Sohn. Sein Reichtum war mächtig angewachsen in der Einöde; viele Söhne umgaben ihn. Das Weib, das er gehabt hatte, die Mutter seiner Kinder, war tot. Lange Zeit lebte er ohne Frau.

---

*) Der irische Text im Facsimile des Yellow Book of Lecan 211 a und gedruckt bei Windisch, Berichte der k. sächs. Gesellschaft der Wissenschaften, phil.-hist. Kl., 1884 S. 340, mit einer wörtlichen deutschen Uebersetzung. Eine mehr umschreibende französische bei d'Arbois de Jubainville, L'épopée celtique en Irlande, S. 320.

Als er eines Tages allein auf seinem Lager war, sah er eine schöne junge Frau ins grosse Haus treten, von ausgezeichneter Gestalt, Kleidung und Haltung. Macha hiess die Frau, wie Kundige sagen. Sie setzte sich auf einen Stuhl bei der Feuerstelle und zündete Feuer an. So blieben sie dort bis zum Ende des Tags, ohne mit einander zu sprechen. Sie holte sich Knettrog und Sieb und begann mit der Zurüstung im Hause. Wie der Tag zu Ende ging, nahm sie Gefässe mit und molk die Kühe, ohne zu fragen. Als sie ins Haus zurückkehrte, wandte sie sich rechtsum,*) ging in die Küche, gab dem Gesinde Weisungen und setzte sich auf einen Stuhl an Crunnchus Seite. Dann gingen alle zu Bett. Sie blieb länger auf als alle und dämpfte das Feuer; dann wandte sie sich rechtsum, kam zu ihm unter seinen Mantel und legte ihm den Arm um den Leib. So lebten sie zusammen, und sie ward schwanger von ihm. Bei diesem Zusammenleben wurde sein Reichtum noch grösser; es war ihre Freude, dass er gedieh und schön ausgestattet war.

Die Ulter pflegten häufig grosse Heerlager und Festversammlungen abzuhalten. Zum Fest gingen alle Ulter, Männer und Frauen, wem es möglich war.

„Ich werde zum Fest gehen wie alle andern", sagte Crunnchu zu seiner Frau.

„Du wirst nicht gehen", warnte sie, „damit du nicht in die Gefahr kommst, von uns zu reden. Denn unser Zusammenleben ist aus, wenn du beim Fest von mir sprichst."

„Ich werde dort überhaupt nicht sprechen", sagte er.

Die Ulter zogen zum Fest. Auch Crunnchu kam gleich den andern. Die Versammlung war prächtig an Menschen und Pferden und Kleidern. Man hielt Pferderennen ab und Kämpfe und Wurf- und Laufspiele und Aufzüge. Um die neunte Stunde wurde der Wagen des Königs auf den Plan gebracht; und des Königs Pferde gewannen den Sieg im Wettrennen. Da kamen die Lobsänger, den König zu preisen und die Königin und die Fili und die Druiden und seine Hausgenossen und die Menge und die ganze Versammlung. „Nie sind zu einem Fest zwei Pferde gekommen gleich diesen Schimmeln des Königs; denn es giebt kein schnelleres Paar in Irland."

---

*) Die Wendung nach rechts bringt Glück, die nach links Unglück.

„Meine Frau ist schneller als diese zwei Schimmel", ent-fuhr es Crunnchu.

„Nehmt den Mann fest", rief der König, „bis seine Frau zum Wettlauf kommt!"

Er wurde ergriffen, und der König sandte Botschaft an die Frau. Sie begrüsste die Boten und fragte, warum sie ge-kommen seien.

„Wir sind gesandt, dass du kommest deinen Hausherrn zu lösen, den der König hat festnehmen lassen. Denn er hat gesagt, du seist schneller als die zwei Schimmel des Königs."

„Schlimm!" sagte sie; „es war nicht am Platz, so zu reden. Doch hab ich einen giltigen Verhinderungsgrund; denn ich bin schwanger und schon in Wehen."

„Was Verhinderungsgrund?" erwiderten die Boten. „Er muss sterben, wenn du nicht kommst."

„Dann wird's eben sein müssen", sagte sie.

So ging sie mit ihnen zur Versammlung. Und alle kamen sie anzusehn.

„Es ist unschicklich, meine Gestalt so zu mustern", sagte sie. „Wozu hat man mich hergebracht?"

„Zum Wettlauf mit den zwei Schimmeln des Königs", hiess es.

„Ich hab einen Verhinderungsgrund", sagte sie; „denn ich bin in Geburtswehen."

„So zieht das Schwert gegen den Bauern", befahl der König.

„Habt eine kleine Weile Geduld mit mir", bat sie, „bis ich niedergekommen bin."

„Nein", sagte der König.

„Schämt euch wahrlich, mir die kleine Frist zu verweigern. Da ihr sie mir nicht gewährt, werd ich dafür grössere Schande über euch bringen. — So lasst nun die Pferde los neben mir!"

Es geschah so. Und sie war zuerst am Ende der Bahn quer vor den Pferden. Da stiess sie einen Schrei aus, vor scharfen Schmerzen. Und Gott erlöste sie sofort, und sie gebar in einer Wehe einen Knaben und ein Mädchen, Fir und Fial.

Wie die Männer den Schrei des Weibes hörten, kam es über sie alle, dass sie nicht mehr Kraft in sich hatten als das kranke Weib.

„Dieser Schimpf wird euch bleiben, weil ihr meine Ehre geschändet habt. Wann's euch am schwersten fallen wird, werdet ihr, so viele dieses Fünftel bewohnen, nur die Kraft einer Wöchnerin haben. Und so lang wie eine Frau im Wochenbett liegt, so lang wird's für euch dauern, fünf Tage und vier Nächte oder fünf Nächte und vier Tage, während neun Geschlechtern!"

Und das wurde wahr. Es haftete an ihnen von der Zeit Crunnchus bis zur Zeit Fergus', des Sohnes Domnalls.

4. Der Streit um das Heldenstück.

Ein Zeitgenosse Ciceros, Posidonius, berichtet in einem bei Athenaeus 154a—b erhaltenen Fragment: „Die Kelten halten beim Gelage bisweilen Zweikämpfe ab. Da sie sich in Waffen versammeln, fechten und ringen sie mit einander, und manchmal kommt es bis zur Verwundung. Dann werden sie gereizt und gehen, wenn die Anwesenden sie nicht zurückhalten, sogar bis zum Totschlag. Früher pflegte, wenn Schweinskeulen vorgesetzt wurden, der Tüchtigste das beste Schenkelstück zu nehmen; wollte es ihm einer streitig machen, so traten sie zum Zweikampf auf Leben und Tod zusammen."

Auch bei den keltischen Stämmen Irlands hatte sich in Erzählungen die Erinnerung an ähnliche Gebräuche erhalten. Sie verquickte sich hier mit dem beliebten Märchenmotiv, dass von drei Genossen immer nur der Jüngste die gestellte Aufgabe lösen kann und sich so den beiden Ältern überlegen zeigt. Als dieser Jüngste tritt in unserer Sage der Lieblingsheld jener Epoche auf, Culanns Hund, der Schwestersohn König Conchobars. Er hiess eigentlich Setanta und hatte jenen Ueber- oder besser Ehrennamen deswegen erhalten, weil er als sechsjähriger Knabe den auf ihn losstürzenden Hund des Schmieds Culann getötet und sich dann dem Besitzer als Stellvertreter angeboten hatte, bis ein anderer Hund herangewachsen wäre. Die Erzähler können sich gar nicht genug thun, auf diesen unbärtigen Jüngling alle möglichen Heldenthaten zu häufen, und es lässt sich nicht leugnen, dass durch diese Übertreibungen die Geschichten, in denen er die Hauptrolle spielt, leicht etwas Kindliches erhalten. In der unsrigen werden andere Helden geradezu zu Lügnern und Wortbrüchigen herabgedrückt, um seinen Glanz zu erhöhen. Was Culanns Hund auszeichnet, sind namentlich seine Kunststücke, die „Cless"; es werden oft lange Reihen derselben aufgezählt. Bestimmbar sind sein „Neuner-Cless", das im Jonglieren mit neun Gegenständen besteht; sein „Heldenlachssprung", ein Sprung in gewaltige Höhe; sein „Vogeljagd-Cless", ein Sprung, der ihn befähigt, eine Zeit lang im Kreise in der Luft herumzuschweben. Von andern kennen wir nur die Namen (z. B. Seite 36).

Das Motiv, Culanns Hund mit den älteren Ulter Helden Laegire und Conall — die uns schon aus der ersten Erzählung bekannt sind — sich messen zu lassen, konnte natürlich ins Unendliche variiert werden, und die Fili haben sich das nicht entgehen lassen. Indem man dann mehrere solche Episoden an einander fügte, entstanden längere Erzählungen. Unsere älteste Überlieferung hat nun aber eine solche Erzählung noch erweitert, indem sie eine Menge von Abschnitten aus einer oder mehreren andern eingeschoben hat, so dass fortwährend der Zusammenhang zerrissen wird und mehrfache Wiederholungen den Leser ermüden. Schon spätere irische Handschriften haben durch Umstellungen und einige Auslassungen zu bessern gesucht; aber diese kleinen Mittel helfen wenig. Da dem modernen Leser nichts daran liegt, eine endlose Reihe ähnlicher Abenteuer zu vernehmen, habe ich im folgenden den Versuch gemacht, die zu Grunde liegende Erzählung wieder herauszuschälen. Dass jede Einzelheit, namentlich auch die Übergänge ursprünglich genau so gelautet haben, möchte ich nicht gerade behaupten; aber auch sie sind stets dem überlieferten Text entnommen. Dieser ist ganz besonders reich an jenen schwer verständlichen poetischen Partien, die die Iren als „rhetorisch" bezeichnen. Ähnlicher Art ist auch die Beschreibung der Wagen und Pferde in Teil II. Es kommt hier dem Schilderer mehr darauf an, möglichst viele Eigenschaftswörter mit gleichen Anfangsbuchstaben aneinanderzureihen, als dass sie dem Sinne nach wohl zu einander passen und ein deutliches Bild ergeben. Eine Beschreibung in so künstlicher Form ist doppelt schwer verständlich, meine Übersetzung daher zum Teil unsicher und lückenhaft.

Die Erzählung enthält zweimal die Beschreibung von Palästen oder Hallen für die grossen Festgelage; eine dritte, die aber wohl schon einige Missverständnisse enthält, werden wir in No. 12 finden. Nach den Grundplänen, die sich in Handschriften seit dem zwölften Jahrhundert finden, hat man sich damals diese Gebäude viereckig gedacht; zu einigen der älteren Beschreibungen würde runde Gestalt vielleicht besser passen. In der Mitte des Hauses ist die Feuerstelle in einem freien Raum, der höchstens noch den Platz für den Fürsten umschliesst (so in Alills Palast, Teil II). Ringsum laufen die „Pritschen", wie ich das irische Wort „imda" am richtigsten wiederzugeben glaube, wenn auch bei den hier geschilderten Prachtexemplaren die der Mitte des Hauses zugewendeten Seiten nicht aus Holz, sondern aus Bronze bestehen. Auf sie werden Decken und Polster gebreitet, und darauf setzen sich je einer oder mehrere Festteilnehmer. Nachts oder bei Krankheit dienen die Pritschen als Betten. Dass hier ihre Vorderseiten als dreissig Fuss hoch beschrieben werden, gehört zu den Übertreibungen der Sage, die sich die Helden der Vorzeit gern als Riesen denkt; es mag etwa das Zehnfache des wirklich Üblichen gewesen sein. Von diesen Pritschen können sich mehrere Reihen hinter einander rings um die Halle ziehen — es werden einmal neun, einmal sieben genannt —; diese sind dann durch Rundgänge von einander getrennt. Vor den Pritschen werden manchmal „Vordersitze" erwähnt, auf denen Leute geringeren Ranges Platz nehmen. Aussen an Bricrius Palast wird noch eine geschlossene Galerie, ein Aussengemach angebracht, das was man bei Schweizerhäusern eine „Laube" nennt. Ähnlich diesen Bauten haben wir uns auch die Halle des Sohns der Stummen in No. 1 zu denken, in der sich ringsum 350 Pritschen befanden, durch sieben Thüren unterbrochen.

Geographisches ist nicht viel zu bemerken. Bricrius Wohnsitz, die Rudrige-Burg, scheint das heutige Dundrum in der Grafschaft Down zu sein. Die Ulter fahren, um zur Connachter Residenz Cruachna zu gelangen über den Fuat-Berg, in dem man einen der Fews-Berge im Süden der Grafschaft Armagh erkennt, südwärts nach Mag Breg, was zunächst die Ebene im östlichen Meath, in weiterem Sinn aber auch das nördlich und südlich anschliessende Flachland bezeichnet; die Strasse · führte also zuerst nach Süden, dann erst westlich nach Connaught hin. — Endlich Cu-Rois Stadt (Cahir Conri) liegt im Südwesten Irlands in der Grafschaft Kerry auf dem Slieve-Mish-Gebirge südlich von der Tralee Bay, über 850 Meter über dem Meeresspiegel. Reste cyklopischer Mauern, in denen einzelne irische Antiquare freilich nur eine natürliche Felsenschichtung gesehen haben, umschliessen einen 108 Meter langen Raum; um eine „Stadt" in unserm Sinn handelt es sich also nicht, sondern nur um eine starke Festung. Wenn die Ulterhelden innerhalb eines Tages von Ulster nach Cu-Rois Stadt gelangen und umgekehrt, so entspricht das einer Liebhaberei der irischen Sage, ungeheure Strecken in kürzester Frist durcheilen zu lassen.*)

I. Bricrius Gelage.

Bricriu die Giftzunge gab Conchobar, dem Sohn der Ness, und allen Ultern ein grosses Gelage. Ein volles Jahr sammelte er für dieses Gelage. Dann liess er ein prächtiges Haus bauen, es darin abzuhalten. Dieses Haus liess er in der Rudrige-Burg errichten nach dem Muster des Craebruad in Emin Macha,**)

---

*) Der irische Text ist veröffentlicht im Facsimile des Leabhar na h-Uidhri, S. 99 b, nach mehreren Handschriften von Windisch, Irische Texte I 254, das Schlussstück nach einer neuen Handschrift von Stern, Revue Celtique XIII 28, dasselbe nach der einzigen Handschrift, die es vollständig enthält, von Kuno Meyer, Revue Celtique XIV 450, nebst einer englischen Übersetzung; das Ganze mit englischer Übersetzung von Henderson, Irish Texts Society, Vol. II (1899). Schon früher war eine französische Übersetzung von d'Arbois de Jubainville, L'épopée celtique en Irlande, p. 81, erschienen.

**) Craebruad hiess König Conchobars Festhalle. Sie war ihrerseits nach dem Muster des unten erwähnten Tech Midchuarda, der Festhalle der Oberkönige zu Temir, erbaut.

nur dass es sich vor allen Häusern seiner Zeit auszeichnete in
Material und Arbeit, in Schönheit und Stattlichkeit, in Pfeilern
und Stirnseiten, in Glanz und Kostbarkeit, in Pracht und Herr-
lichkeit, in Gesims und Thürschmuck. Dem Haus lag der
Plan von Tech Midchuarda zu Grunde: es hatte je neun Pritschen
zwischen Feuer und Wand; jede ihrer bronzenen Stirnseiten
war dreissig Fuss hoch und vergoldet. Und die Königs-
pritsche für Conchobar wurde an der Vorderseite des Palastes
errichtet, höher als die Pritschen des ganzen Hauses, mit Kar-
funkeln und andern Edelsteinen, strahlend von Gold und Silber
und Karfunkelgestein und Farben aus allen Ländern, so dass
auf ihr Nacht und Tag gleich hell waren. Um sie herum
wurden zwölf Pritschen für die zwölf Wagenkämpfer von Ulster
aufgeschlagen. Dieser Einrichtung entsprach das Material, das
zum Bau des Hauses verwendet wurde: ein Gespann musste
jeden einzelnen Balken herbeiführen, sieben starke Ultermänner
jede einzelne Rute einsetzen. Dreissig der ersten Zimmerleute
Irlands vollführten und leiteten den Bau.

Auch wurde für Bricriu selbst eine Laube gebaut in
gleicher Höhe mit der Pritsche Conchobars und seiner Kämpen.
Diese Laube war prächtig ausgeschmückt und verziert, und auf
jeder Seite waren gläserne Fenster eingesetzt. Eins der Fenster
war gerade über Bricrius Pritsche angebracht, so dass er von
ihr aus einen Überblick durch das ganze grosse Haus hin hatte.
Denn er wusste, ins Haus hinein würden die Ulter ihn nicht
lassen.

Als nun Bricriu sein grosses Haus und seine Laube fertig
hatte, auch die Ausstattung mit Decken und Bunttüchern, Polstern
und Kissen und die Vorbereitung von Trank und Speise, als
ihm nichts mehr an Geräten und Vorrat für das Gelage fehlte,
ging er nach Emin Macha und trat vor Conchobar in die Mitte
der Edeln von Ulster. Eben an dem Tage hatten die Ulter
eine Festversammlung in Emin Macha. Er wurde begrüsst und
setzte sich zur Schulter Conchobars. Dann sprach er zu ihm
und den Ultern:

„Kommt mit mir. Ihr sollt bei mir ein Gelage feiern."

„Mir ists recht", antwortete Conchobar, „wenns den Ultern
recht ist."

Da widersprächen Fergus Roigs Sohn und die andern
Edeln von Ulster und sagten: „Wir wollen nicht gehen. Denn

hat uns Bricriu erst verhetzt, wenn wir zum Gelage gehen, so werden wir mehr Tote haben als Lebendige."

„Wenn ihr nicht mit mir kommt", erwiderte Bricriu, „werd ich euch wahrlich noch Schlimmeres anthun."

„Was wirst du dann thun, wenn die Ulter nicht mit dir gehen?" fragte Conchobar.

„Dann werd ich die Könige und die Führer und die Kämpen und die Junker gegen einander aufhetzen, dass sie einer den andern erschlagen, wenn sie nicht mit mir zum Gelage kommen."

„Das werden wir dir nicht zu Gefallen thun!" sagte Conchobar.

„So werd ich Sohn und Vater verhetzen, dass sie einander erschlagen. Wenn ich auch das nicht kann, werd ich Tochter und Mutter verhetzen. Wenn ich auch das nicht kann, werd ich die zwei Brüste jeder Ulterfrau gegen einander aufhetzen, dass sie sich zerschlagen, bis sie verfallen und verfaulen."

„Es ist doch besser hinzugehen", sagte Fergus Roigs Sohn. „Er wirds wahr machen."

„So mögen, wenns euch recht ist, ein paar von euch Edeln Ulsters zur Besprechung zusammentreten", riet Sencha Alills Sohn.

„Es wird schon schlecht ausgehen, auch ohne dass mans berät", meinte Conchobar.

Alle Edeln Ulsters kamen zur Besprechung. Dort gab ihnen Sencha den Rat: „Wohlan, da ihr gezwungen seid, mit Bricriu zu gehn, stellt ihn unter Bürgschaft; umgebt ihn mit acht Schwertträgern, dass er das Haus verlasse, sobald er euch das Gelage zur Schau gestellt hat."

Furbide Ferbenn, Conchobars Sohn, ging mit diesem Bericht zu Bricriu und meldete ihm alles, was beschlossen worden war.

„Ich bin damit einverstanden, dass so verfahren wird", sagte Bricriu.

Da zogen die Ulter aus von Emin Macha, jedes Heer um seinen König, jede Truppe um ihren Häuptling, jede Schar um ihren Führer. Wunderbar schön war der Marsch der Krieger und Kämpen nach dem Palast hin.

Bricriu dachte nach, wie er jetzt die Ulter verhetzen könne, da es später die Bürgen verhindern würden. Wie er

mit seinem Plan völlig im Reinen war, ging er zur Schar
Laegire des Siegreichen, des Sohnes Connads, des Sohnes
Iliachs.

„Wohlan, siegreicher Laegire!" sagte er, „du starker
Schläger von Brig! Du heisser Schläger von Mide! Rot-
flammender Donnerkeil! Siegeskraft der Ultermänner! Warum
sollte nicht dir das Heldenstück von Emin auf immer gehören?"

„Wenn ich will", erwiderte Laegire, „so wird's mir gehören."

„Den ersten Rang unter den Kriegern Irlands will ich
dir schaffen, sobald du nur meinem Rate folgst", sagte Bricriu.

„Ich werd ihm folgen."

„Wenn du das Heldenstück meines Hauses erhältst, wirst
du auch das von Emin immer bekommen. Und auch das
meinige ist des Wettstreits wert; es ist nicht das Heldenstück
des Hauses eines Narren. Da ist ein Fass, in dem drei Ulterkämpen Platz haben, gefüllt mit reinem Wein. Da ist ein
siebenjähriger Eber: seit er ein kleines Ferkel war, ist in seine
Schnauze nichts gekommen als Milch- und Mehlbrei im Früh-
ling, Quark und frische Milch im Sommer, Nusskern und
Weizen im Herbst, Fleisch und Fleischbrühe im Winter.
Ferner ein Stier, volle sieben Jahre alt: seit er ein kleines Kalb
war, ist in sein Maul kein Heidekraut und Hartfutter gekommen,
nur frische Milch und feines grünes Gras und Korn. Da sind
fünf mal zwanzig Weizenbrote, mit Honig gebacken: fünfund-
zwanzig Säcke Mehl sind für die hundert Brote verbraucht
worden, ein Sack für je vier Brote. Das ist das Heldenstück
meines Hauses", sagte Bricriu. „Weil du der beste Krieger in
Ulster bist, ziemt es sich, dass du es erhältst, und dir hab ichs
bestimmt. Heut Abend, wenn die Schaustellung des Gelages
fertig ist, soll dein Wagenlenker aufstehn, so wird man ihm
das Heldenstück übergeben."

„So wird's geschehen, oder es setzt Tote", sagte Laegire.

Da lachte Bricriu für sich und war gutes Muts. Nachdem
er Laegire völlig verhetzt hatte, eilte er unter die Schar Conall
Kernachs.

„Wohlan, Conall Kernach!" sagte er. „Du bist der
Krieger des Siegs und des Wettstreits. Deine Kämpfe sind ge-
waltiger als die der andern Ulter. Wenn die Ulter ins Feindes-
land ziehen, so bist du ihnen eine Strecke von drei Tagen und

drei Nächten voraus an den Furten und Uebergängen, und wenn sie zurückkehren, deckst du ihnen wieder den Rücken, dass kein Feind vorbeikommt, weder neben dir noch durch dich noch über dich weg. Warum sollte nicht dir das Heldenstück von Emin Macha auf immer gehören?"

Und hatte er Laegire viel vorgeschwatzt, so schwatzte er Conall Kernach doppelt so viel vor. Nachdem er Conall nach Wunsch verhetzt hatte, eilte er unter die Schaar von Culanns Hund.

„Wohlan, Hund Culanns!" sagte er. „Schlachtensieger von Brig! Glanzmantel vom Liffey! Schosskind von Emin! Geliebter der Frauen und Mädchen! Du führst heut ‚Culanns Hund' nicht als Spottnamen; denn du darfst dich rühmen unter den Ultern. Du deckst ihre mächtigen Angriffe und Schlachten. Du findest allen Ultern das Recht. Was die Ulter zusammen nicht erreichen, das erreichst du allein. Alle Männer Irlands anerkennen die Ueberlegenheit deiner Tapferkeit und deiner Waffenkunst und deiner Thaten. Warum solltest du da das Heldenstück einem andern Ulter überlassen, da es dir doch kein Mann in Irland zu bestreiten vermag?"

„Ich schwöre, was mein Stamm schwört", sagte Culanns Hund: „Kommt einer, es mir zu bestreiten, den mach ich zum Mann ohne Kopf!"

Darauf trennte sich Bricriu von ihnen und liess sich von seinem Heere begleiten, gleich als hätte er niemand verhetzt. Dann kamen sie beim Haus an und jeder nahm Platz auf seinem Lager, König und Erbprinz und Adlige und Junker und Knappen. Die Hälfte des Hauses nahm Conchobar ein mit den Ulterkämpen um ihn, die andere Hälfte die Frauen von Ulster, in ihrer Mitte Conchobars Frau, Mugin, Echu Fedlechs Tochter. Und ihre Musikanten und Pfeifer spielten ihnen auf, so lange die Schaustellung des Gelages dauerte. Als Bricriu ihnen das Gelage mit aller Zubehör vorgeführt hatte, wurde ihm bei der Ehre seiner Bürgen befohlen, das Haus zu verlassen. Und die Bürgen erhoben sich, die blanken Schwerter in der Hand, um ihn hinauszutreiben. Da ging er mit seinen Leuten aus dem Haus nach seiner Laube. Als er das Ende des Palastes durchschritt, sagte er: „Das Heldenstück, wie es dort bereitet ist, ist nicht das Heldenstück des Hauses eines Narren. Wer euch der beste Krieger von Ulster zu sein dünkt, dem gebt es!" — Damit verliess er sie.

Nun erhoben sich die Zerleger, die Speise zu zerteilen. Da stand der Wagenlenker Laegire des Siegreichen, Sedlang Riangabirs Sohn, auf und sprach zu den Zerlegern: „Gebt mir das Heldenstück dort für Laegire den Siegreichen; denn er hat mehr Anspruch darauf als die andern Ultermänner." — Auch Id Riangabirs Sohn, der Wagenlenker Conall Kernachs, stand auf und sprach ebenso. Zugleich erhob sich Laeg Riangabirs Sohn und sagte gleicherweise zu den Zerlegern: „Teilt das da Culanns Hund zu. Keinem Ulter bringt es Schande, wenn er es erhält; er ist der waffenkundigste unter ihnen." — „Dazu wirds nicht kommen!" riefen Conall Kernach und Laegire der Siegreiche. Und die drei Helden sprangen in die Mitte des Hauses, indem sie ihre Schilde auf sich nahmen und die Schwerter von der Wand rissen, und hieben auf einander los, dass die eine Hälfte des Palastes einem Feuerhimmel glich durch das Funkeln der Schwerter und Speerklingen, die andere einem glänzend weissen Vogelschwarm durch das abspringende Email der Schilde. Dabei erfüllte gewaltiges Waffengetöse den Palast, so dass die Kämpen erzitterten. Conchobar selber wurde zornig und Fergus Roigs Sohn, als sie den ungleichen Kampf sahen, dass zwei sich gegen einen wandten, Conall Kernach und Laegire der Siegreiche gegen Culanns Hund. Keiner der Ulter wagte aber Einspruch zu erheben. Da sprach Sencha zu Conchobar: „Trenne du die Männer." — Denn zu jener Zeit war Conchobar in Ulster der irdische Gott.

Conchobar und Fergus traten zwischen sie. Sofort liessen sie die Hände sinken.

„Folgt meinem Rat", sagte Sencha.

„Wir werden ihm folgen", erwiderten sie.

„Mein Rat ist der", sagte Sencha. „Das Heldenstück hier soll heut Abend unter die Menge verteilt werden; später soll man Alill Magas Sohn darüber bestimmen lassen. Denn für die Ulter möchte es schwer sein, den Fall zu entscheiden, wenn der Spruch nicht in Cruachna gefällt wird."

Darauf wurde ihnen Speise und Trank ausgeteilt, und die Portionen gingen herum, und sie betranken sich und waren fröhlich.

Bricriu und seine Fürstin waren also in ihrer Laube. Er konnte von seiner Pritsche aus durch den Palast hin sehen, wie es darin zuging. Nun dachte er nach, wie er es erreichen könnte, die Frauen zu verhetzen, gleichwie er die Männer verhetzt hatte. Eben wie er mit seinem Plan fertig war, trat Fedelm Noichride mit fünfzig Frauen aus dem Palast heraus nach dem schweren Trinken. Bricriu sah sie vorbeigehen.

„Sei gegrüsst heut Nacht, Weib Laegire des Siegreichen! Nicht als Spottnamen führst du ‚Fedelm Noichride‘, so hoch steht deine Schönheit und dein Verstand und dein Geschlecht. Conchobar, der König des Fünftels von Irland, ist dein Vater, Laegire der Siegreiche dein Gatte. Nur eines möchte ich dir noch wünschen: dass keine der Ulterfrauen vor dir in Tech Midchuarda einträte, sondern dass Ulsters ganze Frauenschar deiner Ferse folgte. Tritt heut zuerst ins Haus; dann wirst du dein Leben lang den Vorrang vor allen Ulterfrauen geniessen.“

Darauf entfernte sich Fedelm drei Ackerlängen weit vom Hause. Später kam Lennabir, die Tochter Eogans des Sohnes Durthachts, heraus, Conall Kernachs Frau. Bricriu redete sie gleichfalls an: „Schön, Lennabir! Nicht als Spottnamen führst du ‚Lennabir‘; denn du bist die Geliebte und die Sehnsucht der Männer der ganzen Welt dank deinem Glanz und Ruf. So weit dein Gatte die Männer der Welt überragt an Waffenkunst und an Gestalt, so weit überragst du die Ulterfrauen.“ — Und hatte er Fedelm viel vorgeschwatzt, so schwatzte er Lennabir doppelt so viel in demselben Sinne vor.

Darnach kam Emer, die Frau von Culanns Hund, heraus mit fünfzig Frauen. „Heil dir, Emer, Tochter Forgall Manachs, du Frau des besten Manns in Irland!“ sagte Bricriu. „Nicht als Spottnamen führst du ‚Emer Schönhaar‘; Könige und Erbprinzen von Irland umwerben dich. So weit die Sonne die Sterne des Himmels überstrahlt, so weit überstrahlst du die Frauen der ganzen Welt an Schönheit und Gestalt und Geschlecht, an Jugend und Glanz und Ruf, an Ruhm und Kenntnis und Beredsamkeit.“ — Hatte er den andern Frauen viel vorgeschwatzt, so schwatzte er Emer dreimal so viel vor.

So waren die drei Scharen hinausgegangen und trafen sich drei Ackerlängen weit vom Hause. Aber keine wusste von der andern, dass Bricriu sie verhetzt hatte. Dann kehrten sie zum Haus zurück. Auf der ersten Ackerlänge schritten sie schön, ruhig, langsam einher; kaum schoben sie einen Fuss am andern vorbei. Auf der zweiten wurde ihr Gang hastiger und schneller. Aber auf der Ackerlänge zunächst dem Hause suchte jede mit solcher Macht die andere zu überholen, dass sie die Hemden bis zu den Hüften hoben, um zuerst ins Haus zu kommen. Denn Bricriu hatte jeder ohne Wissen der andern gesagt, die unter ihnen, die zuerst hereintrete, werde den Vorrang vor dem ganzen Fünftel haben. So heftig war das Getöse des Wettlaufs, in dem eine vor der andern anzukommen suchte, wie wenn fünfzig Streitwagen herandonnerten. Der ganze Palast bebte, und die Kämpen drinnen sprangen nach ihren Waffen und waren im Begriff, auf ihre Gattinnen einzuhauen.

„Bleibt ruhig", sagte Sencha; „es sind keine Feinde gekommen, sondern Bricriu hat die Frauen verhetzt, die hinausgegangen sind. Ich schwöre, was mein Stamm schwört: wenn man das Haus nicht vor ihnen verschliesst, werden wir mehr Tote als Lebendige haben".

Da schlossen die Pförtner den Thürflügel. Emer, Forgall Manachs Tochter, die Frau von Culanns Hund, hatte die andern Frauen überholt. Sie lehnte ihren Rücken an die Thür und rief die Pförtner vor den übrigen an. Da sprangen die drei Männer drinnen auf; jeder wollte für seine Frau öffnen, damit sie zuerst ins Haus trete. „Das wird eine schlimme Nacht", sagte Conchobar. Er schlug mit dem silbernen Stift, den er in der Hand hielt, an den bronzenen Pfeiler an seiner Pritsche. Da setzten sich die Männer nieder.

„Bleibt ruhig", sagte Sencha. „Hier soll's keinen Kampf mit Waffen geben, sondern einen Kampf mit Worten."

Jede der Frauen draussen stellte sich in den Schutz ihres Gatten, und sie begannen den

Wortkampf der Ulterfrauen.

Fedelm Noichride, die Frau Laegire des Siegreichen, sprach:

> „Altadlig der Leib, der mich empfing
> Von ebenbürt'gem Geschlecht;
> Von König und Königin stamm ich ab.
> Nach der Schönheit Gesetz bin ich geformt,
> Drum führ ich gefäll'ge Gestalt.

Mich adelt Schönheit;
Mit Irentugend paart sich edle Keuschheit.
Laegire, die Rot-Hand, die Mausehaut,
Der viele Thaten gewaltigen Sieges
Für Ulsters Trift vollführt,
Verwüstet die Grenzen starker Feinde
Ohne Hilfe der Ulter.
Er schützt sie, er deckt sie, für sie streitend.
Der Helden Berühmtester, Laegire,
Kein Krieger erreicht ihn an Zahl der Siege.
Wie wär es nicht Fedelm,
Die lieblich weisse mit siegender Schönheit,
Die Tech Midchuardas heitere Schwelle
Vor jeder andern beträte?"

Da sprach Lennabir, die Tochter Eogans des Sohnes Durthachts, die Frau Conall Kernachs des Sohnes Amorgins:

„Ich bin's durch Schönheit, Verstand und Haltung,
Die den edeln Schritt, wogend wie Schilfrohr,
Zu des Königs Tech Midchuarda lenke
Vor Ulsters Frauen.
Denn Conall ist's, mein trauter Gatte,
Reich an Triumphen, im mächtigen Wagen,
Der allen voran den stolzen Schritt
In den Schoss der Schlacht, der grimmigen, lenkt.
Schön kehrt er zurück mir mit Siegen, mit Köpfen,
Bringt harten Kalk aus Ulsters Kämpfen.*)
Er verteidigt die Furten, wehrt dem Angriff.
Weh dem Krieger — ihm winkt das Steingrab —,
Der Amorgins strahlenden Sohn
Wagt anzurufen!
Schreitet Conall an Zahl der Triumphe
Allen Kriegern voran,
Wie sollte nicht Lennabir,
Der Männer Augenglanz,
Vor allen Frau'n den Palast betreten?"

---

*) Conall liess das Gehirn eines erschlagenen Feindes mit Kalk mischen, wie
unsere Geschichte No. 7 erzählt.

Es sprach Emer, Forgall Manachs Tochter, die Frau von
Culanns Hund:

„Mir werde zu teil der Siegesvortritt,
Meiner Schönheit, Klugheit und Haltung.
Der Vergleich mit mir
Dient jeder schönen Gestalt zum Ruhm.
Edel preist man das Aug mir im Antlitz.
Nicht findet sich Schönheit noch Anstand noch Haltung,
Nicht findet sich Weisheit noch Ehre noch Keuschheit
Noch Liebesglut auf edelm Lager
Noch Verstand, der mich erreicht.
Mich umseufzen alle Ulter,
Ihres Herzens Kern bin ich.
Wahrlich, geb ich ihrem Begehr nach,
Nicht eine Frau behält ihren Gatten
Von heut bis morgen.
Culanns Hund, der ist mein Gatte,
Kein Hund der Schwächen.
Blutbesprengt sein Speerschaft,
Blutbeschäumt sein Schwert.
Schön schminkt sich sein Leib in Blut;
Wundenreich seine schöne Haut,
Narbig seine Seite.
Schön blickt sein liebliches Aug nach Westen,
Schön und lauter strahlt es nach Osten.
Rot erglänzen die Augensterne,
Rot auch seines Wagens Gestell,
Rot seines Wagens Decken.
Über der Rosse Ohren kämpft er,
Über dem Atem der Männer.
Er springt in die Höhe den Heldenlachssprung,
Das braune Cless übt er, das blinde Cless,
Das Cless des Vogels, der Wasser sprudelt,
Das Neuner-Cless übt er.
Er siegt in der Schlachten Blutkampf,
Streckt hin die stürmischen Scharen der Welt,
Bricht Adarcnes Schrecken.
Er ist der Mann, der lange krank lag.*)

---

*) Anspielung auf die Geschichte No. 10. Die nächste Zeile bezieht sich auf
No. 3, „Der Ulter Wochenbett". Auch sonst dürften Anspielungen auf uns unbekannte Sagen vorliegen. Einige mir ganz unverständliche Zeilen habe ich weggelassen.

Wie Wöchnerinnen sitzen die Ulter da,
Nur Culanns Hund nicht, mein Gatte.
Wird diesem Hellen die Menge verglichen,
Erscheint sie schmutzig, gemein wie Kupfer.
Als Kühe, Ochsen und Pferde
Sitzen die Ulterfrauen umher
Ausser mir einz'gen."

Als nach dem Anhören der Frauenreden in den Männern im Hause, Laegire und Conall Kernach, die Kampfeswut aufstieg, handelten sie also: sie brachen einen Balken des Palastes heraus, so hoch wie sie selber waren, so dass ihre Frauen auf diesem Weg zu ihnen ins Haus traten. Culanns Hund aber hob neben seiner Pritsche das Haus in die Höhe, dass man die Sterne des Himmels unter der Wand durch sehen konnte, und auf diesem Weg trat seine Frau herein und die zweimal fünfzig Frauen, die die beiden andern bei sich hatten, und die fünfzig seiner eigenen, auf dass ihr keine andere Frau gleichstände, weil auch ihm niemand gleichstand. Dann liess er den Palast niederfallen, dass das Flechtwerk der Wand sieben Männer-Ellen tief in die Erde fuhr. Und die ganze Burg erbebte, und Bricrius Laube stürzte auf den Boden herunter; Bricriu selber und seine Fürstin fielen auf den Dunghaufen mitten im Gehöfte zwischen die Hunde. „Wehe!" rief Bricriu, indem er eilends aufsprang. „Feinde stürmen die Burg!" — Und er ging um den Palast herum. Da sah er, wie sein Haus schief gestellt war und ganz auf einer Seite lag. Darüber schlug er die Hände zusammen.

Nun wurde er ins Haus gelassen; denn kein Ulter konnte ihn erkennen, beschmutzt wie er war. Erst als er redete, erkannte man ihn. Und von der Mitte des Hauses aus sprach er zu ihnen: „Hätt ich euch Ultern doch kein Gelage zugerüstet! Mein Haus ist mir teurer als mein ganzes Besitztum. Nun ist euch verboten*) zu trinken oder zu essen oder zu schlafen, bis ihr mein Haus in dieselbe Lage gebracht habt, in der ihr es gefunden habt."

Da sprangen alle die Ulterkämpen drinnen auf und stemmten sich gegen das Haus. Aber sie kamen nicht so weit in die Höhe, dass der Wind zwischen ihnen und der Erde hätte

---

*) Im Irischen „ges", ein Verbot, dessen Übertretung den Verlust des Lebens oder doch der Ehre nach sich zieht.

durchblasen können. So waren die Ulter in schwerer Ver-
legenheit.

„Ich weiss euch nichts anderes", sagte Sencha, „als dass
ihr den Mann, der es schief gestellt hat, bittet, es wieder gerade
zu richten."

Da wandten sich die Ulter an Culanns Hund, er möge
das Haus wieder aufrichten, und Bricriu sprach: „Du Fürst
der Krieger Irlands, wenn du es nicht in die richtige Lage
bringst, ist niemand in der Welt, der es aufrichte." — Und alle
Ulter baten, er möge sie aus der schwierigen Lage befreien.

Nun erhob sich Culanns Hund, damit die Gäste nicht auf
Trank und Speise verzichten müssten. Er versuchte das Haus
hoch zu heben; doch gelang es ihm nicht. Da kam die Wut-
verzerrung über ihn: ein Blutstropfen sammelte sich an der
Wurzel jedes seiner Haare, und er sog das Haar in den Kopf
hinein, so dass er von oben schwärzlich wie ein Kurzgeschorener
anzusehen war; er drehte sich wie ein Mühlstein und streckte
sich dann in die Länge, dass der Fuss eines ausgewachsenen
Mannes zwischen je zweien seiner Rippen Platz gefunden hätte.
Da nahten sich ihm seine „Leute der Kraft" und seine „Schar
der Anbetung",*) und nun stemmte er das Haus in die Höhe
und hob es in seine frühere Lage.

Von da an feierten sie das Gelage in Ruhe, die Fürsten
und Führer auf der einen Seite um den berühmten Conchobar,
den herrlichen Hochkönig von Ulster, die Fürstinnen auf der
andern.

II. Bei Alill und bei Cu-Roi.

Nach drei Tagen und drei Nächten brachen alle Ulter auf
nach Cruachna Ai zu Alill Magas Sohn, dass er über das
Heldenstück und den Streit der Frauen entscheide. Schön,
prächtig, herrlich war die Fahrt der Ulter nach Cruachna.

Culanns Hund blieb indessen hinter der Menge zurück
und ergötzte die Ulterfrauen; er spielte Ball mit neun Kugeln
und neun Wurfpfeilen und neun Messern, ohne dass eines an
das andere stiess. Da kam sein Wagenlenker, Laeg Riangabirs
Sohn, dahin, wo er seine Kunststücke machte, und rief ihm zu:
„Buckliger Tropf, deine Tapferkeit und Waffenkunst sind da-

---

*) Geister und Dämonen, die ihm in der Notlage beistehen.

hin, das Heldenstück hast du verloren! Die Ulter sind längst
in Cruachna!"

„Wir hattens gar nicht bemerkt, Laeg. So spann uns den
Wagen an!" sagte er.

Da spannte Laeg den Wagen an, und sie fuhren ab. Zu
dieser Zeit hatten die Ulter schon Mag Breg erreicht. So rasch
fuhr aber Culanns Hund, als sein Wagenlenker ihn gereizt
hatte, von der Rudrige-Burg ab, und so mächtig griffen der
Graue von Macha und der Rappe von Sainglenna am Wagen
aus durch Conchobars Fünftel hindurch und über den Fuat-
Berg und über Mag Breg hin, dass der Wagen noch unter den
ersten als dritter vor Cruachna Ai anlangte.

Bei der stürmischen Fahrt, in der die Kämpen der Ulter
um Conchobar und die andern Fürsten nach Cruachna Ai
fuhren, drang ungeheures Waffengetöse nach Cruachna, so dass
die Waffen von den Wänden zu Boden fielen. Und über die
Leute in der ganzen Burg und im Gehöfte kam es, dass jeder
einzelne dem Schilfrohr im Bache glich. Und Medb rief: „Seit
Cruachna mein ist, hab ich noch nie ohne Wolken donnern
gehört, bis auf heute!"

Da stieg Finnabir, Alills und Medbs Tochter, in die Laube
über dem Thor der Burg und meldete: „Ich sehe einen Wagenfahrer auf die Ebene kommen, Mütterchen."

„Beschreib ihn", befahl Medb, „seine Form, seine Art,
seine Haltung; die Gestalt des Mannes, die Farbe der Pferde,
den Lauf des Wagens!"

„Ich sehe zwei Pferde am Wagen", sagte Finnabir, „das
sind feurige, scheckige Falbe, gleichfarbig, gleichgestaltet, gleich
trefflich, gleich schnell, gleich springend, lebhaft, streitbar, einen
Spiess auf der Stirn, betroddelt, hochköpfig, mit schmaler
Schnauze, breiter Stirn, mächtigen Zügeln, oben gescheckt, gut
gespalten, unten schlank, oben breit, mit gewellter Mähne, gewelltem Schwanz. Der Wagen zierlich aus Holz und Weiden;
die zwei Räder schwarz; die Wagenstangen hart, schwertgerade;
der Wagenkasten fest; das Joch gewölbt, hartsilbern; die zwei
Zügel betroddelt, fest, gelb. Im Wagen ein schöner Mann mit
langem gewelltem Haar. Das Haar in Flechten, dreifarbig, an
der Kopfhaut dunkel, in der Mitte blutrot, zu oberst wie ein
Diadem von gelbem Gold; es umschliesst sein Haupt in drei
Streifen, einer wohlgeordnet neben dem andern. Er trägt einen

schönen purpurnen Rock, fünffach umsäumt mit silberverziertem
Gold. Der Schild bunt, gescheckt; der Rand weiss, aus Silberbronze. Ein Speer mit fünf Spitzen*) in seiner rotleuchtenden
Faust. Ein Dach von wilden Vögeln über seinem Wagenkasten."

„Wir erkennen den Mann nach der Besch
sagte Medb.

> „Königskämpe,   rechtsprechender Siegesgr
> Barke der Bodb,**)   Glut des Gerichts,
> Flamme der Rache,   Heldenantlitz,
> Frevlermiene,   Drachenherz,
> Siegesschärfe, die uns zerschneiden wird —
> Laegire, die Rot-Hand, die Mäusehaut, —
> Wie der Rundschnitt mit rascher Klinge
> Den Lauch an der Erde Rinde!

Ich schwöre, was mein Stamm schwört: kommt Laegire
der Siegreiche in Kampfeswut zu uns — wie wenn man Lauch
mit einem scharfen Messer am Erdboden abschneidet, so flink
wird sein Hieb uns treffen, so viele wir in Cruachna Ai sind,
wenn wir uns nicht vorsehen gegen seine Glut und seine Kraft
und sein Ungestüm und ihm zu Willen sind, seine Streitlust zu
beschwichtigen."

„Ich sehe einen zweiten Wagen auf die Ebene fahren",
meldete das Mädchen; „der kommt nicht weniger prächtig daher".

„Beschreib ihn", befahl Medb.

„Ich sehe", sagte Finnabir, „das eine Pferd am Wagen,
das ist weissköpfig, kupferfarben, derb, rasch, blitzgleich; springend, breithufig, breitbrustig. Mit dröhnendem Stampfen er-
ringt es den Sieg über Furten und Bäche, über Strassen und
Wege, über Felder und Thalsohlen, noch nach dem Sieg rasend.
Bemiss es nach dem Flug der Vögel; mein scharfes Auge erfasst
es nicht klar in seinem gewaltigen, eifernden Lauf. Das andere
Pferd ist rot, breitstirnig, breitrückig, unten schlank, langgebaut,
mit festen Troddeln, geflochtenem Haar, wild, stark, zermalmend.
Was im Land zwischen den Feldern steht, Dickicht und Erd-
wälle, das hindert seinen Lauf nicht; im Baumland läuft's wie

---

*) Der fünfspitzige Speer, der oft erwähnt wird, ist vielleicht ein Speer mit
vier Widerhaken ausser der Spitze.
**) Das ist: der Schlachtengöttin.

auf Strassen. Der Wagen zierlich aus Holz und Weiden; die zwei Räder hell, aus Erz; die Deichsel weiss, mit Silber beschlagen; der Kasten vorn hoch, knarrend; das Joch stolz gewölbt und fest; die zwei Zügel betroddelt, fest, gelb. Im Wagen ein Mann mit schönen Locken, langem Haar; sein Gesicht halb rot, halb weiss. Der Rock weiss und rein; der Mantel blau und kupfer-purpurn. Der Schild braun mit gelben Streifen; der Rand hart mit bronzenen Fransen. Eine rote, blitzende Flamme in seiner rotleuchtenden Faust. Ein Dach von wilden Vögeln über seinem Wagenkasten."

„Wir erkennen den Mann nach der Beschreibung", sagte Medb.

> „Stöhnen des Löwen,   Wildglut des Feuers,
> Funkelnder Edelstein,   Sieg unter Zittern!
> Hartnäckig häuft er   Kopf auf Kopf,
> That auf That,   Kampf auf Kampf.
> Wahrlich er wird uns schlagen
> Wie den bunten Fisch auf rotem Sand,
> Wenn er im Zorn gegen uns antobt,
> Der Sohn der Finnchaem.

Ich schwöre, was mein Stamm schwört: wie ein bunter Fisch auf dem roten Stein mit Eisenprügeln zerhackt wird, so fein wird uns Conall Kernach zerhacken, wenn er gegen uns tobt."

„Ich sehe noch einen andern Wagen auf die Ebene fahren."

„Beschreib ihn uns", befahl Medb.

„Ich sehe", sagte das Mädchen, „das eine Pferd am Wagen, das ist grau, breithufig, langmähnig, hochköpfig, breitbrustig, wild, schnell, fliegend, leichtspringend, tosend. Es flammt die mächtige rauhe Scholle unter seinen vier harten Hufen. Vögeln folgt es in Siegesschnelle, mit der es den Weg durcheilt. Gespenster verscheucht der Pferdehauch, von rotem Feuer funkelnd, der aus dem zaumgefesselten Schlund hervorbricht. Das andere Ross pechschwarz, stattlich, mit derbem Kopf, rundlich, mit dünnen Beinen, breitem Kreuz, breitem Rücken, langer, gewellter Mähne, langem Schweif, betroddelt, kräftig, rasch, beweglich, stark schreitend, stark aufschlagend. Wettlaufend jagt es über's Gefilde nach dem Kampf, springt über Auen, durchschnaubt die Felder der Thalsohlen. Der Wagen zierlich aus Holz und Weiden; die zwei Räder gelb, aus Eisen; die Deichsel

mit Silberbronze umflochten; der Kasten von festem, gebogenem
Zinn; das Joch gewölbt, von festem Gold; die zwei Zügel be-
troddelt, fest, gelb. Im Wagen ein düsterer, dunkler Mann, der
Schönste der Männer Irlands. Er trägt einen schönen, pur-
purnen Rock; eine goldverzierte Spange verschliesst sein weisses
Brustgewölbe, das mit mächtigen Schlägen dagegen pocht.
Acht rote Drachensteine in seinen Augapfeln.*) Die Wangen
blauweiss und blutrot. Feuer sprüht sein Atem. Er springt
den Heldenlachssprung. Das Neuner-Cless sieht man über dem
Wagenkämpfer."

„Das ist der Tropfen vor dem Gewitter", sagte Medb;
„wir erkennen den Mann nach der Beschreibung.

> Mahlen des Meeres,   Grimm des Seetiers,
> Roter Feuerklotz,   brüllende Woge,
> Brunst des Untiers,   herrlicher Schlachtensieg!
> Er bricht des Feindes Übermacht,
> Dem Zusammenbruch gleich des jüngsten Gerichts.
> Der wütende Bär,   der Viehherde Pest,
> Der That auf That häuft,   Kopf auf Kopf,
> Schön brüllt er hinaus,   herzhaft, siegreich:
> Dem gleicht der Hund Culanns!
> Zermahlen wird uns die malzfrohe Mühle.

Ich schwöre, was mein Stamm schwört: wenn Culanns
Hund im Zorn zu uns kommt — wie eine zehnschauflige Mühle
hartes Malz zermahlt, so wird dieser Mann allein uns zu Staub
und Sand zermahlen, wären auch die Männer des ganzen Fünftels um uns in Cruachan, wenn wir uns nicht vorsehen gegen
seine Wut und seine Kraft. — Und jetzt, wie kommen sie daher?"

„Hand an Hand", sagte das Mädchen, „Ellbogen an Ell-
bogen, Rock an Rock, Schulter an Schulter, Schildrand an
Schildrand, Rad an Rad, Stange an Stange, Wagen an Wagen.
Alle sind sie da, lieb Mütterchen!

> Schnell wie das siegende Rennpferd,
> Hereinbrechend wie der Donner durchs lecke Dach,
> Ein Ocean im schweren Sturm!
> Der Boden erbebt, den sie wuchtig zerstampfen!"

---

*) Culanns Hund hatte in jedem Auge mehrere rote Pupillen.

·„Schöne, nackte Frauen ihnen entgegen!" rief Medb, „den Busen nach vorn, den entblössten, glänzenden, und viele Mädchen, zum Liebesdienst bereit! Die Gehöfte aufgeschlossen! Die Burgen offen! Fässer kalten Wassers! Lager gespreitet! Reichliche Speise! Berauschenden Malztrank, der Kriegerschar Stärkung! Willkomm dem nahenden Heer! Vielleicht erschlägt es uns nicht."

Damit trat Medb durch das Thor des Gehöftes hinaus auf den Vorplatz und nahm drei mal fünfzig Mädchen mit und drei Fässer mit kaltem Wasser, die Glut der drei Männer zu kühlen, die vor der Menge ankamen. Dann wurde ihnen die Wahl gelassen, ob sie jeder ein besonderes Haus haben wollten oder alle drei eines. „Für jeden ein besonderes Haus!" entschied Culanns Hund. So brachte man in drei Häuser mit prächtigen Lagern, was ihnen von den drei mal fünfzig Mädchen am besten gefiel, und zu Culanns Hund wurde ausserdem Finnabir ins Gemach geführt.

Hierauf kamen die Ulter alle an; und Alill und Medb und ihr ganzer Hofstaat gingen hin, sie willkommen zu heissen. Sencha Alills Sohn erwiderte: „Wir sind es zufrieden." — Dann zogen die Ulter in die Burg ein, und man überliess ihnen das Königshaus, wie es geschildert wird: sieben Rundgänge waren darin und je sieben Pritschen vom Feuer bis zur Wand; ihre Vorderseiten von Bronze und das Gesims von roter Eibe. An der Stirnseite des Hauses drei Bronzesäulen. Das Haus selber von Eichenholz mit einem Schindeldach. Es hatte zwölf Fenster, die Fensterflügel aus Glas. Die Pritsche für Alill und Medb war mitten im Hause; ihre Seitenflächen von Silber und ringsum bronzene Säulen; und an der Vorderseite vor Alill ein silberner Stab, womit er an den Querbalken des Hauses zu schlagen pflegte, um seine Leute immer in Ruhe zu halten.

Die Waffenschar der Ulter hielt Umzug von einer Thür des Palastes zur andern, und ihre Musikanten spielten auf, so lange die Zurüstung dauerte. Das Haus war so weit, dass das Heer der Krieger des ganzen Fünftels mit Conchobar darin Platz fand. Conchobar und Fergus Roigs Sohn nahmen Alills Pritsche ein mit neun andern Ulterkämpen. Dann feierten sie reiche Gelage.

So blieben sie drei Tage und drei Nächte dort. Darauf wurde Alill zu Conchobar und den Ultern berufen, den Grund ihrer Fahrt zu vernehmen. Sencha setzte die Sache auseinander, wegen deren sie gekommen, den gleichen Anspruch der drei Helden auf das Heldenstück und den gleichen Anspruch der Frauen auf den Vortritt bei Festen. „Denn sie wollten eine Entscheidung darüber nirgends anders anerkennen als bei dir."

Da verstummte Alill, und sein Sinn war nicht heiter. „Nicht vor mich hätte man den Streit der Helden bringen sollen", sagte er dann, „es geschehe denn aus Hass."

„Niemand wird es besser ins Reine bringen als du", erwiderte Sencha.

„So möchte ich Frist haben, darüber nachzudenken."

„Wir brauchen aber unsere Helden", sagte Sencha; „sie wiegen viele Memmen auf."

„Mir genügen drei Tage und drei Nächte dazu."

„Das ist ja kein zu langer Aufschub", sagte Sencha.

Dann baten die Ulter um Urlaub. Und sie waren froh und segneten Alill und Medb und fluchten Bricriu, weil er die Verhetzung ins Werk gesetzt hatte. So kehrten sie heim in ihr Land und liessen Laegire, Conall und Culanns Hund bei Alill zurück, damit er ihnen den Spruch spreche.

Jedem der drei wurde jeweils dasselbe Nachtmahl gebracht. Als man ihnen diese Nacht ihren Anteil brachte, wurden die drei Kätzchen aus der Höhle von Cruachna auf sie losgelassen; das waren drei Zauberbestien. Conall nun und Laegire flüchteten sich auf die Sparren ihrer Häuser und überliessen ihr Essen den Untieren, und also schliefen sie bis zum andern Tag. Culanns Hund aber verliess seinen Platz nicht trotz dem Untier, das auf ihn zukam. Sondern so oft es den Hals nach der Speise streckte, schmetterte er ihm das Schwert auf den Kopf; das sprang von ihm ab, wie von einem Stein, aber das Tier stürzte jedesmal nieder. So konnte Culanns Hund weder essen noch schlafen bis zum Morgen. Die Katzen verschwanden, wie es Morgen wurde, und man fand die Männer am andern Tag in dieser Lage.

„Genügt dieser Wettkampf nicht, zwischen euch zu entscheiden?" fragte Alill.

„Nein", antworteten Conall und Laegire, „wir kämpfen nicht gegen Zaubertiere, sondern gegen Menschen."

Da ging Alill in sein Gemach und lehnte den Rücken gegen die Wand, und sein Geist war unruhig. Ihn ängstigte der Streitfall, den man vor ihn gebracht hatte, und drei Tage und drei Nächte schlief er nicht und ass er nicht. Da sprach Medb: „Du bist feige. Wenn du den Spruch nicht fällst, werd ich ihn fällen."

„Wahrlich, die Entscheidung dünkt mich schwer", erwiderte Alill. „Weh dem, dem sie aufgetragen worden ist!"

„Gar nicht schwer!" sagte Medb. „Denn so weit Bronze von Silber absteht, so weit steht Laegire von Conall Kernach ab, und soweit Silber von Rotgold absteht, soweit steht Conall Kernach von Culanns Hund ab."

Nachdem Medb sich einen Plan ausgedacht hatte, wurde Laegire der Siegreiche zu ihr berufen. Und sie sprach zu ihm: „Willkommen, siegreicher Laegire! Es steht dir wohl an, dass du das Heldenstück erhältst. Dir sprechen wir von Stund an den ersten Rang unter den Kriegern Irlands zu und das Heldenstück. und eine bronzene Schale mit einem silbernen Vogel in der Mitte; die sollst du als Zeichen unseres Spruches mit dir nehmen. Lass · niemand sehen, dass du sie hast, bis du sie Abends im Craebruad Conchobars zeigen kannst. Wenn das Heldenstück ausgeteilt wird, dann zeige deine Schale vor allen Edeln Ulsters, so wird das Heldenstück dir gehören und keiner der Ulterkämpen es dir streitig machen; denn allen Ultern wird, was du erhalten hast, ein deutliches Zeichen sein." — Dann wurde die Schale Laegire dem Siegreichen übergeben, gefüllt mit lauterem Wein, und er trank sie aus mitten im Palast. „Da hast du ein Heldenmahl", sagte Medb. „Verzehr es und lebe mit hundertfältiger Kraft hundert Jahre vor all den Ultermännern!" — Darauf verabschiedete sich Laegire.

Auf dieselbe Weise wurde Conall Kernach zu Medb in den Palast berufen. Und sie sprach ebenso zu ihm, nur erhielt er eine silberne Schale mit einem goldenen Vogel in der Mitte. Und er verabschiedete sich.

Dann sandte sie nach Culanns Hund. „Komm", sagte der Bote, „der König und die Königin wollen mit dir sprechen". — Eben spielte Culanns Hund Schach mit seinem Wagenlenker, Laeg Riangabirs Sohn. „Ihr wollt mich nur verspotten!" rief er. „Du magst wohl einen Narren belügen!" — Damit schleuderte er eine der Schachfiguren nach dem Boten, dass sie ihm mitten ins Gehirn drang. Tötlich getroffen ging er hin und brach zwischen Alill und Medb zusammen. „Weh!" rief Medb, „Culanns Hund wird uns erschlagen, wenn er ins Toben gerät".

Da stand sie auf, ging selber zu Culanns Hund und legte ihm beide Arme um den Hals.

„Belüg einen andern!" sagte Culanns Hund.

„Du herrlicher Sohn Ulsters, du Licht der Krieger Irlands, wir wollen dich nicht belügen. Kämen auch alle Scharen der Krieger Irlands, dir würden wir vor ihnen allen das zusprechen, worum ihr streitet. Denn die Männer Irlands anerkennen deine Überlegenheit an Ruhm und Tapferkeit und Waffenkunst, an Glanz und Jugend und Ruf."

Da stand Culanns Hund auf und ging mit Medb in den Palast. Und Alill begrüsste ihn herzlich. Man gab ihm eine Schale von Rotgold, gefüllt mit köstlichem Wein, die in der Mitte einen Vogel von edlem Gestein hatte, und ausserdem einen Drachenstein so gross wie seine zwei Augen. „Da hast du ein Heldenmahl", sagte Medb. „Verzehr es und lebe mit hundertfältiger Kraft hundert Jahre vor all den Ultern!"

„Und weiter fällen wir den Spruch", sagten Alill und Medb: „Weil keiner der Männer von Ulster dir gleichsteht, soll auch keine ihrer Frauen der deinigen gleichstehen, und wir halten es nicht für zu viel, wenn sie stets als erste, vor allen Frauen Ulsters, in die Zechhalle eintritt."

Da trank Culanns Hund alles, was die Schale fasste, auf einen Zug aus, nahm Abschied vom König und von der Königin und vom ganzen Hofstaat und folgte seinen Genossen.

An diesem Abend war es Sualdim Roigs Sohn, der Vater von Culanns Hund, der die Ulter bewirtete. Conchobars Leiterfass*) war für sie gefüllt worden. Die Vorräte wurden ihnen vorgeführt, und die Zerleger machten sich ans Zerteilen. Das Heldenstück liessen sie dabei zunächst bei Seite.

„Warum gebt ihr das Heldenstück dort nicht einem einzelnen Helden?" fragte Dubthach die Pechzunge. „Denn den drei Männern hier, die vom König von Cruachna heimgekehrt sind, fehlt es gewiss nicht an einem sicheren Zeichen, welchem von ihnen das Heldenstück zukommt."

Da stand Laegire der Siegreiche auf und erhob die bronzene Schale mit dem silbernen Vogel in der Mitte. „Mir gehört das Heldenstück", sagte er; „keiner soll es mir bestreiten!"

---

*) Ein Fass von solcher Grösse, dass es aussen und innen eine Leiter hatte.

„Dir gehört's nicht", erwiderte Conall Kernach. „Die Zeichen, die wir mitgebracht haben, sind nicht gleich. Du bekamst eine bronzene Schale, ich eine silberne. Aus diesem Unterschied wird klar, dass mir das Heldenstück gehört."

„Keinem von beiden gehört's", rief Culanns Hund. Damit stand er auf und sprach: „Die Zeichen, die ihr mitgebracht habt, verschaffen euch das Heldenstück nicht. Der König und die Königin, bei denen ihr waret, wollten nur nicht eure Feindschaft und eure Streitlust erregen; sie waren euch auch nicht mehr schuldig. Das Heldenstück aber gehört mir; denn ich habe ein durchaus deutliches Zeichen." — Damit hob er die Schale aus Rotgold mit dem Vogel von edlem Gestein in die Höhe und den Drachenstein von der Grösse seiner zwei Augen, dass Conchobar der Ness Sohn und alle Edeln von Ulster sie sahen. „Ich also hab Anspruch auf das Heldenstück, wenn man ehrlich verfährt".

„Wir stimmen dir alle bei", sagten Conchobar und Fergus und die andern Edeln von Ulster. „Dir gehört das Heldenstück nach dem Urteil von Alill und Medb."

„Ich schwöre, was mein Stamm schwört", rief Laegire, „die Schale hast du nicht ungekauft erhalten; so viel Schätze und Kleinodien du nur besitzest, das hast du alles Alill und Medb dafür gegeben, auf dass sich der Wettstreit nicht gegen dich wende, und dass nicht ein anderer vor deinen Augen das Heldenstück erhalte."

„Ich schwöre, was mein Stamm schwört", sagte Conall Kernach, „ein Urteil ist dort überhaupt nicht gefällt worden. Das Heldenstück gehört dir nicht!"

Da sprangen sie gegeneinander an mit blanken Schwertern. Aber Conchobar und andere Edle von Ulster schieden sie, bis ein klarer Entscheid getroffen wäre. „Geht hin", sagte Conchobar, „zu einem Mann, der es wagen wird, zwischen euch zu entscheiden, zu Cu-Roi Dares Sohn.

> Bittet den Mann, der allen Recht spricht!
> Des harten Dare Sohn, Cu-Roi, ist freundlich.
> Wahres Zeugnis pflegt er,
> Auf Lügen trifft man ihn nicht.
> Ein Mann schön und gerecht,
> Trefflich und hochgesinnt;

> Ein Wirt an Verpflegung,
> Ein Krieger an Kühnheit,
> Ein Hochkönig an Adel.
> Er wird euch recht richten,
> Bittet ein Held ihn herzhaft."

„Ich nehm es an", sagte Culanns Hund.

„Auch mir ist's recht", sagte Laegire.

„So geh'n wir hin", sagte Conall Kernach.

Am Morgen des nächsten Tages machten sich die drei Helden auf nach Cu-Rois Stadt. Vor der Stadt spannten sie ihre Wagen aus und traten in den Palast; und Cu-Rois Frau, Blathnat, die Tochter Menns, begrüsste sie herzlich. Cu-Roi trafen sie diesen Abend nicht zu Hause; er hatte aber gewusst, dass sie kommen würden, und hatte seiner Frau einen Rat hinterlassen, wie sie mit ihnen verfahren solle, bis er selber von seiner Ausfahrt zurückkehre. Ostwärts in die Skythenländer war er gezogen. Denn Cu-Roi rötete niemals sein Schwert in Irland von dem Tag an, da er die Waffen erhielt, bis zu seinem Tode. Und seit er sieben Jahre alt war, kam nie Speise aus Irland in seinen Mund, so lang er lebte. Denn Irland fasste seinen Stolz nicht und seinen Ruhm und seinen Adel, sein Ungestüm und seine Kraft und seine Kühnheit.

Aber die Frau sorgte für sie mit Baden und Waschen und mit berauschenden Getränken und prächtigen Lagern, so dass sie wohl befriedigt waren. Als es Zeit war zu Bette zu gehn, sagte ihnen die Frau, jeder von ihnen solle eine Nacht die Stadt bewachen, bis Cu-Roi zurückkehre. „Auch hat Cu-Roi gesagt, ihr sollt die Wache dem Alter nach übernehmen."

In der ersten Nacht ging also Laegire der Siegreiche zur Wache, weil er der älteste von den dreien war. Er sass auf dem Wachtsitze bis gegen Ende der Nacht. Da sah er im äussersten Westen, so weit sein Auge blicken konnte, einen Schatten vom Meere her kommen. Dieser Schatten kam ihm ungeheuer, schrecklich, grausenerregend vor; denn er schien ihm bis an den Äther zu reichen, und zwischen seinen Beinen hindurch war das Flimmern des Meeres sichtbar. Er kam auf ihn zu und hatte beide Hände voll entrindeter Eichen, jeder Stamm eine Last für ein Gespann; und doch hatte er nie zweimal nach dem Wurzelstock eines Baumes gehauen, sondern ein

Schwertstreich hatte genügt. Er warf eines seiner Zweigchen nach Laegire, aber dieser wich ihm aus. Zwei- oder dreimal nahm er ein anderes; doch traf er weder Laegires Haut noch Schild. Laegire schleuderte einen Speer nach ihm und traf ihn nicht. Da streckte er seinen Arm nach Laegire aus — der war so lang, dass er über die drei Ackerlängen, über die sie sich beschossen hatten, hinüberreichte — und fasste ihn in die Hand. So gross und stattlich Laegire war, er fand Platz in der einen Hand des Mannes wie ein Kind im ersten Jahr. Dieser rieb ihn zwischen den Handflächen, wie man eine Schachfigur auf der Drehbank drechselt, und als er so dem Tode nahe war, warf er ihn von aussen über die Stadt hinein, so dass er sich auf dem Dunghaufen vor dem Palast befand, ohne dass die Stadt geöffnet worden wäre. Die andern Männer und alle Stadtbewohner glaubten, er sei von aussen über die Stadt weg gesprungen, um den andern das zu bieten.

Als sie den Tag bis zur Wachtstunde verbracht hatten, ging Conall Kernach zum Wachtsitze, weil er älter war als Culanns Hund. Es erging ihm ganz ebenso wie Laegire in der Nacht vorher.

In der dritten Nacht ging Culanns Hund zum Wachtsitze. Auf diese Nacht hatten sich die drei Fahlen vom Uarbel-Sumpf und die drei Buageltach von Brig und die drei Söhne von Dornmar Keol verabredet, die Stadt zu zerstören. Das war auch die Nacht, von der geweissagt war, das Untier im See neben der Stadt werde die Einwohnerschaft der ganzen Stadt verschlingen, Menschen und Vieh.

So hielt Culanns Hund die Nachtwache und erlebte viele schlimme Abenteuer. Als es Mitternacht war, hörte er einen Lärm auf sich zukommen. „Heda, heda!" rief er. „Wer ist da? Wenns Freunde sind, sollen sie sich nicht rühren; wenns Feinde sind, sollen sie herankommen!" — Da erhoben sie ein gellendes Geschrei gegen ihn. Er stürzte sich über sie her, dass die neun Mann tot zur Erde sanken. Ihre Köpfe nahm er mit sich zum Wachtsitz. Kaum hatte er sich dort gesetzt, als neun andere ein Geschrei erhoben. So erschlug er dreimal neun Mann auf dieselbe Weise und machte aus ihren Köpfen und Waffen einen Haufen.

Als die Nacht zu Ende ging und er sich müde, gedrückt und schwach fühlte, hörte er, wie sich der See in die Höhe hob, als wäre es die Brandung eines grossen Meeres. Und so

müd er war, sein warmes Blut duldete es nicht, dass er es
unterliess hinzugehen und nach dem gewaltigen Getöse, das er
hörte, zu sehen.   Da stieg das Untier vor ihm auf; es schien
ihm dreissig Ellen aus dem See hervorzuragen.   Dann erhob es
sich in die Luft und eilte nach der Stadt hin; dabei riss es das
Maul auf, dass einer der Paläste in seinen Rachen gegangen
wäre.   Culanns Hund gedachte aber seines Vogeljagd-Cless: er
sprang in die Höhe, so dass er schnell wie ein Rad das Untier
umkreiste.   Dann schloss er beide Hände um seinen Hals; darauf
steckte er ihm den Arm bis an die Schulter in den Schlund, riss
ihm das Herz heraus und warf es auf die Erde. Da stürzte das
Untier wie eine Last Holz aus der Luft auf den Boden herab.
Nun brauchte er sein Schwert und zerhieb es in kleine Stücke.
Den Kopf aber legte er zu den andern Köpfen beim Wachtsitze.

Als er nun gebrochen und elend in der Morgendämmerung
dasass, sah er von Westen her den Schatten vom Meere herankommen.   Der rief ihm zu: „Die Nacht wird schlimm!" —
„Schlimmer für dich, Kerl!" entgegnete Culanns Hund.   Da
warf jener eines seiner Zweigchen nach ihm.   Culanns Hund
wich ihm aus.   Zwei- bis dreimal nahm er ein anderes, traf
jedoch weder Haut noch Schild von Culanns Hund.   Der
schleuderte seinen Speer nach ihm und traf ihn nicht.   Da
streckte er seinen Arm nach Culanns Hund aus, ihn zu packen,
wie er die andern gepackt hatte.   Aber Culanns Hund sprang
den Heldenlachssprung und gebrauchte sein Vogeljagd-Cless,
das blanke Schwert über seinem Scheitel, und umschwebte ihn
schnell wie ein Mühlrad.

„Lass mir das Leben, Hund Culanns!" bat er.

„So gewähre mir drei Wünsche", sagte Culanns Hund.

„Du sollst sie haben, wie sie über deine Lippen treten."

„Den ersten Rang unter den Kriegern Irlands von Stund
an und das Heldenstück unbestritten und meiner Frau auf immer
den Vortritt vor allen Ulterfrauen!"

„Das sollst du haben."

Und in demselben Augenblick wusste Culanns Hund nicht,
wohin der verschwunden war, der mit ihm gesprochen hatte.

Dann sann er über den Sprung nach, mit dem seine Ge-
fährten, wie er glaubte, über die Stadt weg gekommen waren;
der war so gross und weit und hoch. Zweimal versuchte er ihn
zu springen und vermochte es nicht.   „Weh dem, der so viel

Ungemach erduldet hat, wie ich bisher um das Heldenstück, und soll es jetzt verlieren wegen des Sprungs, den die andern gethan haben!" — Und während er so darüber nachdachte, trieb er folgendes Spiel: bald that er einen Schritt rückwärts durch die Luft, einen Wurf weit von der Stadt weg, und dann wieder von dem Ort, wo er Fuss gefasst hatte, durch die Luft zurück, bis er die Stirn gegen die Stadt schlug; bald sprang er in die Höhe, so dass er die ganze Stadt überblickte, und fuhr dann wieder bis zum Knie in die Erde durch seine Wucht und sein Ungestüm; bald eilte er so schnell und behende dahin, dass er nicht den Thau von den Grasspitzen streifte. Bei diesem seinem Spiel und Toben sprang er auf einmal von aussen über die Stadt weg und kam mitten in der Stadt vor den Palast zu stehen. Die Spur seiner zwei Füsse findet sich noch auf einer Steinplatte, die auf dem Plan der Stadt liegt, da wo einst das Thor des Palastes stand. Nun trat er ins Haus, und er stiess einen Seufzer aus. Da sprach Blathnat Menns Tochter, die Frau Cu-Rois: „Das ist kein Seufzer nach Schmach, das ist ein Seufzer nach Sieg und Triumph!" — Denn sie, deren Vater König der Insel der Fir Falga war, wusste, welche Gefahren Culanns Hund in dieser Nacht überstanden hatte.

Nun dauerte es nicht lange, so sahen sie Cu-Roi ins Haus treten. Der brachte Gewand und Waffen der dreimal neun Männer mit, die Culanns Hund erschlagen hatte, und ihre Köpfe und den Kopf des Untiers. Und indem er die Köpfe aus seinem Busen in die Mitte des Hauses warf, sprach er: „Der Bursche, der alle diese Kämpfe in einer Nacht bestanden hat, wäre tüchtig, stetsfort eine Königsburg zu bewachen. Das Heldenstück, das ihr meiner Entscheidung unterstellt habt, gehört in Wahrheit Culanns Hund vor allen Männern Irlands. Mag einer stärker sein als er, an Zahl der Kämpfe nimmt es keiner mit ihm auf." Und das war der Spruch, den Cu-Roi fällte: Culanns Hund gebühre das Heldenstück und die Kriegerwürde aller Gälen, und seiner Frau der Eintritt in die Zechhalle vor allen Ulterfrauen. — Und er schenkte ihm sieben Cumal*) an Gold und Silber als Lohn für seine Thaten in der einen Nacht.

Hierauf nahmen sie Abschied von Cu-Roi und kamen alle

---

*) Cumal ist eine Sklavin oder deren Wert.

drei vor Tagesende nach Emin Macha zurück und nahmen dort
ihre Sitze ein.   Bevor es ans Zerlegen und Einschenken ging,
legten die Zerleger das Heldenstück mit dem zugehörigen Trunk
bei Seite.   „Wir sind sicher, heut giebts keinen Streit ums
Heldenstück", sagte Dubthach die Pechzunge.   „Der Mut, euch
den Spruch zu sprechen, hat dem, den ihr aufgesucht habt,
nicht gefehlt." — Aber die zwei andern sprachen gegen Culanns
Hund: das Heldenstück sei keinem mehr als dem andern zu-
gesprochen worden. Denn sobald sie Emin Macha erreicht hatten,
gestanden sie ihm nichts von dem Urteil zu, das Cu-Roi über
sie gefällt hatte.   Da sagte Culanns Hund, er habe gar keine
Lust, um das Heldenstück zu streiten; denn der, dem man es
gebe, habe nicht mehr Genuss als Verdruss davon.

     Von da an wurde ein Heldenstück nicht mehr ausgeteilt,
bis es zum Handel mit dem Kraftmenschen kam.

III. Der Handel mit dem Kraftmenschen.

     Als einst die Ulter in Emin Macha genug gefeiert und
gespielt hatten, kehrten Conchobar und Fergus Roigs Sohn und
die andern Edeln von Ulster vom Spielplatz heim und setzten
sich in Conchobars Craebruad nieder. Culanns Hund, Conall
Kernach und Laegire der Siegreiche waren an jenem Abend
nicht zugegen, wohl aber die übrigen Scharen der Ulterkämpen. Wie sie da sassen gegen Abend um die neunte
Stunde, sahen sie einen fürchterlich grossen Kerl herein-
treten; kein Ulterkämpe, so schien ihnen, erreichte auch
nur die Hälfte seiner Höhe. Furchtbar und grauenhaft sah der
Kerl aus. Er trug ein altes Fell auf dem Leib, darüber einen
schäbigen, dunkeln Mantel und auf dem Kopf wie eine buschige
Baumkrone, so gross wie ein Schutzdach für Kälber, unter dem
dreissig Stück Platz haben. Zwei hungrige, gelbe Augen hatte
er im Kopf; jedes stand so weit hervor wie ein Kessel, in dem
man einen grossen Ochsen kochen kann. So dick wie eines
andern Handgelenk war jeder seiner Finger. In der linken
Hand trug er einen Block, an dem zwanzig Joch Ochsen zu
ziehen gehabt hätten, in der rechten ein Beil, in das dreimal
fünfzig Eisenklumpen aufgegangen waren; der Stiel war eine

Last für ein Gespann, die Schneide so scharf, dass sie ein Haar gegen den Wind zerschnitten hätte. In diesem Aufzug trat er herein und stellte sich zum unteren Ende der Gabel neben das Feuer.

„Ist dir das Haus zu eng", rief Dubthach die Pechzunge ihm zu, „dass du sonst nirgends Platz findest als am Gabelende? Es sei denn, dass du mit den Lichtträgern um ihr Amt streiten willst! Nur wird eher das Haus in Flammen aufgehen, als dass die Insassen Licht erhalten."

„Und wenn ich dieses Amt übernehme — vielleicht wird man mir zugestehen, dass alle Insassen gleichmässig Licht erhalten, ohne dass das Haus Feuer fängt, so hoch ich auch bin. Aber das ist nicht meine einzige Kunst; ich kann noch andere. Weshalb ich jedoch hergekommen bin", sagte er —, „ich habe weder in Irland noch in Albion noch in Europa noch in Afrika noch in Asia bis nach Griechenland und Skythien hin und bis zu den Orkaden, zu den Säulen des Herkules, zum Bregonn-Turm,*) zu den Gades-Inseln einen Mann gefunden, der mir sein Wort gehalten hätte. Da ihr Ulter die Männer aller dieser Länder übertrefft an Furchtbarkeit und Heldentum und Waffenkunst, an Adel und Stolz und Würde, an Wahrhaftigkeit und Zucht und Tugend, so finde sich unter euch irgend ein Mann, der den Handel ausführe, den ich mit ihm eingehen will."

„Das wäre schlimm", sagte Fergus Roigs Sohn, „wenn das ganze Fünftel Ulster seine Ehre verlöre, weil sich nicht ein einziger Mann fände, sie zu retten. Und wer weiss, vielleicht steht einem solchen der Tod nicht näher als dir selber."

„Auch scheu ich ihn nicht", erwiderte der Kerl.

„So sag uns deinen Handel", forderte ihn Fergus auf.

„Ich werd ihn euch sagen, sobald ihr mir das Wort gebt, dass ehrlich verfahren werden soll."

„Es steht uns nicht an, anders zu verfahren", sagte Sencha Alills Sohn; „denn es wäre ehrlos, wenn die Übermacht der Zusammengehörigen sich auf den einzelnen Fremdling unter ihnen stürzen wollte. — Auch glaub ich, du hättest längst den Mann finden können, der dir Stand hält."

„Conchobar nehm ich aus", sagte er, „weil er König ist,

---

*) Brigantium an der Nordküste Spaniens.

und Fergus Roigs Sohn, weil er ihm an Rang gleichsteht. Wer sonst bereit ist, ausser diesen zweien, der trete heran! Ich werd ihm heut Abend den Kopf abschlagen, und morgen Abend kann er mir meinen abschlagen." —

„Jetzt zeigt sich klar", sagte Dubthach, „dass ausser jenen zweien keiner hier den Namen eines Kriegers verdient!"

„Einstweilen solls noch einen geben", rief Dickhals Gergenns Sohn, indem er in die Mitte des Hauses sprang. Er war ein starker Mann, der die Kraft von hundert Kriegern besass und in jedem Oberarm die Stärke von hundert erstgeborenen Kälbern. „Duck dich nieder, Kerl", sagte er, „und lass dir heut den Kopf abschlagen; morgen magst du mir meinen abschlagen."

„Das hätt ich überall finden können, wenn ich das gewollt hätte", erwiderte der Kerl. „Wie wirs bestimmt haben, so thun wir: ich schlag dir heute den Kopf ab, du mir morgen, zur Vergeltung."

„Ich schwöre, was mein Stamm schwört!" rief Dubthach die Pechzunge, „du scheinst kein Verlangen nach dem Tod zu haben, wenn du heut den Mann töten willst, der dich morgen töten soll. Wenn du die Macht hast, dich an einem Abend töten zu lassen und es am folgenden zu rächen, so kannst du das selber thun."

„So will ich denn dieser Ansicht folgen, die ihr alle hegt, und die euch so herrlich dünkt", sagte der Kerl. Und er liess sich von Dickhals das Wort geben, dass er am andern Tag den Handel mit ihm ausführen werde. Da nahm ihm Dickhals das Beil aus der Hand; das mass von der einen Ecke der Schneide bis zur andern sieben Fuss. Der Kerl legte seinen Hals über den Block, und Dickhals gab ihm mit dem Beil einen Streich über den Hals, der bis auf den Block durchdrang, so dass der Kopf an das untere Ende der Gabel sprang und der ganze Herd voll Blut wurde. Der Kerl aber stand auf, sammelte seinen Kopf und seinen Block und sein Beil in seinen Busen und schritt so zum Hause hinaus; dabei strömte das Blut aus seinem Hals, dass es den Craebruad nach allen Seiten füllte. Und alle die Ulter im Haus entsetzten sich über die wunderbare Geschichte, die ihnen begegnet war.

„Ich schwöre, was mein Stamm schwört", sagte Dubthach

die Pechzunge, „wenn dieser Kerl morgen Abend wiederkehrt, nachdem er heute getötet worden ist, wird er keinen Mann in Ulster am Leben lassen." —

Am folgenden Abend kam der Kerl wieder; aber Dickhals ging ihm aus dem Weg. Da begann er ihn anzuklagen: „Dickhals bricht sein Manneswort, da er den Handel mit mir nicht zu Ende führt!"

An diesem Abend war Laegire der Siegreiche zugegen.

„Ulter", sprach der Kerl, „welcher von den Helden, die um das Heldenstück streiten, wird heut einen ehrlichen Handel mit mir eingehen? Wo ist Laegire der Siegreiche?"

„Hier!" antwortete Laegire.

Da nahm er ihm gleichfalls das Wort ab. Aber auch Laegire kam am folgenden Abend nicht. Dann nahm er Conall Kernach das Wort ab; aber auch der kam nicht, wie er geschworen hatte.

Die vierte Nacht erschien der Kerl wieder und war in grimmiger Wut. An diesem Abend waren alle Frauen der Ulter gekommen, sich die wunderbare Geschichte anzusehen, die im Craebruad vor sich ging. Auch Culanns Hund war zugegen. Da begann der Kerl ihn zu reizen: „Eure Tapferkeit und euer Waffenruhm, Ulter, sind dahin. Eure Helden sind sehr mutig, wenn es sich ums Heldenstück handelt; aber sie sind nicht fähig, einen Kampf darum zu wagen. Wo ist jener Toberich, der bucklige Tropf, den man Culanns Hund nennt? Wird sein Wort mehr werth sein als das der übrigen Bande?"

„Ich habe überhaupt keine Lust, mit dir einen Handel einzugehen", sagte Culanns Hund.

„Das glaub ich wohl, magerer Tropf! Du fürchtest dich gar zu sehr vor dem Tod!"

Da sprang Culanns Hund auf ihn zu und gab ihm mit dem Beil einen Streich, dass sein Kopf an das Dach des Craebruad schlug und das ganze Haus erbebte. Und Culanns Hund fing den Kopf auf und schlug ihn gegen den Beilschaft, bis er ganz zermalmt war. — Aber der Kerl stand wieder auf.

Am folgenden Tag waren die Ulter gespannt, ob Culanns Hund ihm ebenso aus dem Wege gehen würde wie die andern. Als sie aber sahen, dass er den Kerl erwartete, kam grosse

Traurigkeit über sie, und sie hätten gleich die Totenklage um
ihn halten können; für so sicher hielten sie, dass sein Leben ein
Ende erreicht habe, sobald der Kerl erschiene.   Da tadelte
und schalt ihn Conchobar.

„Bei meinem Schild und bei meinem Schwert", erwiderte
Culanns Hund, „ich gehe nicht fort, bis ich dem Kerl mein
Wort gehalten habe.   Sterben muss ich doch einmal, so sterb
ich lieber in Ehren."

Am Ende des Tages sahen sie den Kerl hereinkommen.

„Wo ist Culanns Hund?" fragte er.

„Hier bin ich."

„Heut ist deine Rede demütig, armer Tropf! Du fürchtest
dich gar zu sehr vor dem Tod.   Aber so sehr du dich vor ihm
fürchtest, du entgehst dem nicht, was ich mir ausbedungen habe."

Da trat Culanns Hund zu ihm hin und streckte seinen
Hals über den Block.   Der war aber so gross, dass er mit dem
Hals nicht einmal bis in die Hälfte reichte.

„Streck deinen Hals, du Tropf!" befahl der Kerl.

„Du willst mich martern", erwiderte Culanns Hund.   „Töte
mich schnell! Ich habe dich gestern Nacht auch nicht gemartert.
Oder, wenn du mich martern willst, so bezeuge, dass ich mehr
leiste, als du gethan hast."

„Ich kann dich nicht treffen", sagte der Kerl; „der Block
ist zu gross, dein Hals und dein Leib zu klein."

Da streckte sich Culanns Hund in die Länge, dass der
Fuss eines erwachsenen Mannes zwischen je zweien seiner
Rippen Platz hatte, und dehnte seinen Hals, bis er die andere
Seite des Blocks erreichte.   Nun hob der Kerl das Beil bis ans
Dach des Hauses.   Und der Schwung seines alten Fells und der
Schwung des Beils und die Wucht der Arme, mit der er es
hob, war wie das Sausen des Waldes in einer Sturmnacht.
Dann liess er es fallen bis an seinen Hals, aber die Hinterseite
des Beils nach vorn gekehrt.   Und alle Edeln von Ulster schauten
dabei zu.

„Steh auf, Hund Culanns! Es giebt keinen Kämpen in
Ulster noch in ganz Irland, der sich einbilden könnte, dir gleich-
zustehen an Tapferkeit und Waffenkunst und Ehrlichkeit.   Von
Stund an hast du den ersten Rang unter Irlands Kriegern und

das Heldenstück unbestritten, und deine Frau auf immer den Eintritt in die Zechhalle vor den andern Frauen der Ulter. Und sollte es dir einer fürderhin bestreiten, so schwör ich, was mein Stamm schwört: er hat das Ende seines Lebens erreicht!"

Damit verschwand der Kerl. Es war aber Cu-Roi Dares Sohn gewesen, der in dieser Gestalt gekommen war, um dem Wort, das er Culanns Hund gegeben hatte, Erfüllung zu verschaffen.

Von da an wurde das Heldenstück Culanns Hund nicht mehr streitig gemacht.

5. Setantas Geburt.

Von all den Helden, die die Sage in voller Lebenskraft und Thatenlust vor Augen führte, wollte nun der Zuhörer auch gern erfahren, wie sie in dieses Leben eingetreten seien, und wie sie es beschlossen hätten. Eine ganze Reihe von Erzählungen dient der Befriedigung dieses Wunsches; sie gehören in der Regel nicht gerade zur ältesten Schicht der Sage. Drei davon, die von Gestalten handeln, die dem Leser schon aus den vorhergehenden Abschnitten bekannt sind, seien hier als Muster der Gattung aufgeführt; sie berichten über die Geburt von Setanta, der später Culanns Hund genannt wurde, und über König Conchobars Geburt und Tod. Wie überall in der alten Sage, so gelten auch in Irland die grossen Helden nicht leicht als Söhne zweier gewöhnlichen Menschen, sondern an ihrer Entstehung müssen überirdische Kräfte beteiligt gewesen sein.

Unsere Erzählung von Setantas Geburt nimmt keine Rücksicht darauf, dass dieser in andern Sagen als Sohn Sualdims erscheint (in einer zweiten, gleichfalls erhaltenen Version hat man zwischen beiden Anschauungen zu vermitteln geeucht). Sie ist überhaupt in einem märchenhaften Halbdunkel gehalten. Amorgins Frau Finnchaem, Schwester Conchobars und Mutter Conall Kernachs, tritt mitten in der Erzählung auf, ohne dass ihre Teilnahme an der Ausfahrt vorher angedeutet worden wäre. Diese Fahrt endigt zwischen dem Gebiet der Männer von Arda, die in der heutigen Baronie Ferrard im Süden der Grafschaft Louth wohnten, und dem der Männer von Ross. Deren Wohnsitz hat man darnach bestimmt, dass Killany im Süden der Grafschaft Monaghan zu ihnen gehört zu haben scheint; doch siedelten sie nach No. 6 und 13 viel weiter südlich; so werden wir sie uns auch hier an der unteren Boyne zu denken haben. Die Furten, durch die die Ulter fahren, hat man also etwa im nördlichen Louth zu suchen. Dieser Grafschaft gehört auch das Murthemne-Feld an, in dem die Imrith-Burg, der Wohnsitz von Setantas Pflegeeltern, liegt.*)

---

*) Der irische Text bei Windisch, Irische Texte I, 143 und 140; eine französische Übersetzung von Duvau bei d'Arbois de Jubainville, L'épopée celtique en Irlande, p. 26.

Dechtire, die Schwester Conchobars, entwich mit fünfzig Mädchen, ohne die Ulter oder Conchobar zu fragen. Man vermisste jede Spur von ihnen und suchte sie drei Jahre lang. Sie kamen aber wiederholt in Gestalt eines Vogelschwarms auf das Feld vor Emin und frassen das Feld ab, dass kein Gräschen im Boden zurückblieb. Das verdross die Ulter sehr. Sie spannten neun Wagen an, die Vögel zu jagen; denn die Vogelhetze war damals Sitte bei ihnen. Conchobar war dabei und Fergus, Amorgin und Blai der Wirt, Sencha und Bricriu. Die Vögel flogen vor ihnen her südwärts über den Fuat-Berg, über die breite Furt, über die Garach-Furt auf das Guss-Feld zwischen den Männern von Ross und den Männern von Arda. Da überraschte sie die Nacht, und der Vogelschwarm verschwand. Sie spannten die Wagen aus.

Fergus machte einen Rundgang und kam zu einem kleinen Häuschen. Darin traf er ein Ehepaar vereinigt. Das begrüsste ihn und bot ihm Speise an. Aber er nahm es nicht an, weil seine Genossen noch draussen seien. „Bring deine Genossen mit herein; sie sind uns willkommen!" — Da suchte sie Fergus draussen auf und brachte sie alle ins Haus, Menschen und Wagen.

Später ging Bricriu hinaus. Da hörte er leise Stimmen. Er hörte den Schall, wusste aber nicht, wer es sei. So ging er dem Klange nach und sah ein grosses, prächtiges Haus vor sich. Er trat an die Thür, und im Haus bemerkte man ihn. Auch der Hausherr sah ihn und sprach: „Komm herein, Bricriu! Was schaust du so?" — Und die Frau sagte: „Ich heisse dich willkommen!" — Da liess er sein Auge durchs Haus streifen und fragte den Hausherrn, einen lieblichen Jüngling: „Warum begrüsst mich die Frau?"

„Der Frau verdankst du's, dass ich dich begrüsse", antwortete der Mann. „Vermisst ihr etwas in Emin?"

„Allerdings, wir vermissen fünfzig Mädchen, seit länger als drei Jahren", sagte Bricriu.

„Würdest du sie erkennen, wenn du sie sähest?" fragte der Mann.

„Ich weiss nicht, wie viel sie in den drei Jahren zu- oder

abgenommen haben. Vielleicht würd ich sie darum nicht erkennen und könnte mich irren."

„Suche sie zu erkennen! Sie sind alle fünfzig hier im
Haus. Und die hier, die an meiner Seite sitzt, ist ihre
Führerin und heisst Dechtire. Sie sind's, die in Vogelgestalt
nach Emin Macha geflogen sind, um die Ulter zu veranlassen
herzukommen."

Die Frau schenkte Bricriu einen purpurnen Mantel mit
Borten. Dann kehrte er zu seinen Genossen zurück. Während
er aber hinging, dachte er in seinem Sinn: „Diese fünfzig Mädchen,
die Conchobar vermisst — die zu finden würde ihm schmeicheln.
So will ich es ihm verhehlen, dass ich seine Schwester mit ihren
Genossinnen gefunden habe, sondern nur sagen, ich habe ein
Haus gesehen und schöne Frauen darin." —

Conchobar fragte ihn, was er zu berichten habe. „Was
hast du davon?" erwiderte Bricriu. „Ich kam zu einem prächtigen
Haus; darin sah ich eine Königin, strahlend und fürstlich, hold
und lieblich; eine Schar von Frauen, weiss und rein; die Haus-
bewohner glänzend und züchtig."

„Hin zu ihm!" rief Conchobar. „Der Hausherr ist mein
Unterthan; er wohnt in meinem Land. Seine Frau soll kommen
und heut Nacht mein Lager teilen."

Da fand sich niemand, diese Sendung zu übernehmen, als
Fergus. Der ging hin und richtete die Botschaft aus. Und er
wurde gut empfangen, und die Frau kam mit ihm. Sie klagte
ihm, sie sei in Geburtswehen. Da sagte Fergus zu Conchobar,
er solle ihr Frist lassen. Dann warfen sie sich einer neben dem
andern hin und schliefen. —

Als sie erwachten, sahen sie ein kleines Knäblein in Conchobars Dulbrog *) liegen.

„Nimm den Knaben zu dir, Finnchaem", sagte Conchobar.

Da sah Finnchaem das Kind, das bei Conchobar lag, an
und sprach: „Mein Herz liebt diesen Knaben, gleich als wäre
es mein Conall."

„Auch ist der Unterschied zwischen ihnen klein", sagte
Bricriu. „Es ist das Kind Dechtires, deiner Schwester. Sie
ists, die hier weilt, mit den fünfzig Mädchen, die seit drei Jahren
in Emin fehlen."

---

*) Ein nicht genau bestimmbares Kleidungsstück, vielleicht ein Schuh.

„Das hat keinen Wert", sagte Conchobar.

„Edeln Wert hat Wenig-Reich*) —
Toll die Jagd nach Dechtire! —
Sieben Wagen barg er mir,
Hielt den Rossen die Kälte fern,
Stärkte uns, die Wagenkämpfer.
Seht, so ward uns Sétanta!

Nimm dir den Knaben, Finnchaem", sagte Conchobar zu seiner Schwester.

„Sie soll ihn nicht erziehen", entgegnete Sencha; „ich will ihn erziehen. Denn ich bin stark, ich bin klug, ich bin geschickt in den Waffen, ich bin Meisterdichter, ich bin weise, ich bin nicht vergesslich. Ich spreche zu jedem vor dem König und steh ihm Rede. Ich ziele in der Schlacht vor Conchobar. Ich spreche den Ultern Recht und kränke sie nicht. Kein Erzieher kommt mir gleich als Conchobar selber."

„Auch ich kann ihn nehmen", sagte Blai der Wirt, „nicht Mangel und Not wird ihn erziehen; genug besitz ich, meine Wünsche zu befriedigen. Ich rufe die Männer Irlands zusammen und speise sie zehn Tage lang. Ich unterhalte ihre Künste und Plünderzüge. So unterstütz ich ihre Ehre und Ehrenhändel."

„Das heisst unbescheiden!" sagte Fergus. „Du kannst einen Starken wählen; ich will ihn erziehen. Ich bin stark, ich bin klug, ich bin ein guter Gänger, untadelig an Tugend und Reichtum. Ich bin scharf in Kampf und Streit. Ich lass mich nicht tadeln. Ich bin einem Pflegesohn gewachsen. Ich bin der Schutz aller Elenden. Ich stürze jeden Starken, ich erhebe jeden Schwachen."

„Wer kann mich hören, wenn du so redest", sagte Amorgin. „Ich bin imstande, einen Pflegesohn zum König zu erziehen. An mir kann man jede Tugend loben, meine Tapferkeit und meine Waffenkunst, meine Weisheit, mein Glück, mein Wissen, meine Beredsamkeit, den Glanz und die Stärke meiner Kinder. Obschon ich Fürst bin, bin ich Fili. Ich bin der Gnade des Königs wert. Jeden Wagenkämpfer schlag ich nieder. Keinem

---

*) Wenig-Reich (Becfoltach) heisst der Mann, in dessen Häuschen sie Unterkunft gefunden haben.

dien ich um Dank als Conchobar. Keinem gesell ich mich als nur einem König."

„Das führt zu nichts Gutem", sagte Sencha. „Finnchaem soll den Knaben nehmen, bis wir nach Emin kommen. Sobald wir dort sind, ernennen wir Morann zum Richter darüber."

Nun kehrten sie nach Emin zurück, und Finnchaem hatte das Kind. Als sie angekommen waren, stellten sie sich Morann zum Urteil. Der sprach: „Conchobar stehe es zu, ihn den Erziehern zu übergeben, weil er Dechtires nächster Verwandter ist. Sencha lehre ihn Sprache und Wohlredenheit. Blai der Wirt nähre ihn. Fergus sitze er zu Füssen. Amorgin sei sein Pflegevater. Conall Kernach sei sein Milchbruder an der Brust seiner Mutter Finnchaem. Gleichermassen soll ihn jeder fördern, Wagenlenker und Wagenkämpfer, König und Meisterdichter. Denn dieser Knabe wird vieler Freund sein. Gleichermassen wird er euer aller Ehrenhändel ausfechten, wird eure Furten und eure Schlachten alle decken."

So nahmen ihn Amorgin und Finnchaem mit, und er wuchs in der Imrith-Burg im Murthemne-Feld heran.

6. Conchobars Geburt.

Ein paar geographische Notizen werden genügen. Das kleine
Gebiet Cremthinne, bei dem Cathbads Burg lag, gehörte
später zu Slane in Meath. Von dort geht die Reise (gegen Ende
der Erzählung) nach dem Murthemne-Feld in der Grafschaft Louth
und schliesslich nach der Ebene Mag Inis in der Grafschaft Down;
.die Lethglais-Burg daselbst ist das heutige Down-Patrick.*)

Ein berühmter König herrschte über Ulster, Eochid Gelbferse,
der Sohn Loichs. Dem wurde eine Tochter geboren.
Zwölf Pflegeväter übernahmen ihre Erziehung. Sie hiess Assa
(Umgänglich); denn sie war gesittet und sanft in ihrer Kindheit.
　　Zu jener Zeit kam ein Bandenführer, Namens Cathbad,
aus dem Süden. Er stammte aus Ulster, obgleich er im Süden
wohnte. Er war nicht nur ein Krieger und Bandenführer, sondern auch ein Mann der Weisheit; denn er war Druide und
besass grosses Wissen. Dreimal neun Mann hatte er bei sich
auf dem Kriegszug. In einer Einöde traf er auf einen andern
Bandenführer, gleichfalls mit dreimal neun Mann. Zuerst
kämpften sie mit einander; schliesslich schlossen sie Frieden,
damit sie sich nicht gegenseitig aufrieben, da sie gleich an Zahl
waren. Cathbad ging vor ihnen her, weil er landeskundig war,
und sie erschlugen die zwölf Pflegeväter des Mädchens, die eben
in einem Hause beim Gelage vereinigt sassen. Niemand entkam

---

*) Der irische Text im Facsimile des Yellow Book of Lecan, Seite 179 b. Eine
jüngere, etwas umgestaltete Fassung hat Kuno Meyer, Revue Celtique VI 173, mit
einer englischen Uebersetzung publiziert; sie ist ins Französische übersetzt von Dottin
bei d'Arbois de Jubainville, L'épopée celtique en Irlande, p. 14.

als nur das Mädchen; und man wusste nicht, wer sie erschlagen hatte.

Die Tochter ging zu ihrem Vater, Klage zu führen. Der
sagte, er könne sie nicht rächen, weil er nicht wisse, wer die
Mörder seien. Da wurde das Mädchen zornig und zog selber
auf den Kriegszug mit dreimal neun Mann, um ihre Pflegeväter
zu rächen. Sie zerstörte und verwüstete ein Gebiet um das
andere. Hatte sie bisher Assa geheissen, so nannten sie die
Leute jetzt Ni-Assa (Nicht-Umgänglich) oder Ness wegen ihrer
Streitlust und Tapferkeit. Und jeden Fremdling, den sie sah,
pflegte sie nach Bandenführern auszufragen, in der Hoffnung,
etwas über die Missethat zu erfahren, die sie betroffen hatte.

Einmal befand sie sich in einer Einöde; ihre Leute be-
reiteten das Essen. Sie ging indessen allein ihrer Wege und
erblickte ein schönes, lauteres Wasser; sie legte ihre Waffen
und Kleider ab und badete darin. So traf sie eine andere
Bande; das war Cathbad mit seinen Leuten. Er stellte sich
zwischen sie und ihre Waffen und zückte das Schwert gegen sie.

„Lass mir das Leben!" bat das Mädchen.

„So gewähre mir drei Forderungen!" erwiderte Cathbad.

„Ja", sagte das Mädchen. „Vielleicht kannst du sie bekommen."

„Sicherheit für meine Person, Freundschaft mit dir, und
dass du meine Gefährtin seist, so lang ich lebe."

„Das sollst du haben", erwiderte sie.

„Jetzt wird unser Bund zu Ende sein", sagte der andere
Bandenführer zu Cathbad und zog seiner Wege.

Cathbad aber ging mit ihr zu ihrem Vater. Der nahm sie
sehr gut auf und schenkte Cathbad Land in Ulster: die Cathbad-
Burg bei Cremthinne, in der Nähe des Baches Conchobar im
Gebiet von Ross.

Einst hatte Cathbad in der Nacht grossen Durst. Seine
Frau stand auf, ihm einen Trunk zu suchen, fand aber in der
Burg keinen. Da ging sie bis zum Conchobar, seihte das Wasser
durch ihren Schleier in den Becher und brachte es ihm. „Licht
angesteckt", befahl er, „ob etwa Tiere im Wasser sind!" — Es
wurde ihnen Licht gebracht, und man sah zwei Würmer im
Wasser. Da zog er das Schwert gegen seine Frau und sagte:
„Trink du, was du mir geholt hast!" — Die Frau that zwei

Züge und mit jedem Zug trank sie einen Wurm. Da wurde sie schwanger.

Cathbad ging mit seiner Frau zu einer Unterredung mit Eochid Gelbferse. Sie waren bis zum Murthemne-Feld gelangt, als die Wehen über die Frau kamen. „Stände es in deiner Macht", sagte Cathbad, „dass dein Kind erst heut Nacht zur Welt käme, so würde der Knabe ein König werden, und sein Name würde erhaben sein über den der Männer Irlands. Denn in dieser Nacht wird im Osten der Welt ein herrliches Kind geboren werden und wird erhaben sein über alle Männer der Erde; das ist Jesus Christus."

„Ich werds machen", sagte die Frau, „es sei denn, dass mir das Kind zur Seite herausdringt! Lass uns weiter gehn nach Mag Inis."

Hier legte sie sich gegen eine Steinplatte am Ufer des Argdig-Wassers, westlich von der Lethglais-Burg, und erst in der Nacht wurde Conchobar daselbst geboren. Die Steinplatte, auf der er zur Welt kam, und das Grab der Frau sind noch dort vorhanden. Und bei der Geburt hatte er einen Wurm in jeder Faust; das waren die, welche seine Mutter im Wasser des Conchobar getrunken hatte. Und er heisst Conchobar, weil er nach dem Bache Conchobar benannt wurde; geboren aber ist er in Mag Inis, wie wir erzählt haben. Er erhielt die Herrschaft über das Fünftel Ulster wegen des Rangs seiner Mutter und durch die Kunst und Weisheit seines Vaters und durch seine eigene Tapferkeit und Waffenkunde und wurde ein berühmter König.

7. Mess-Gegras und Conchobars Tod.

Die zwei folgenden Stücke hängen zwar unter sich nicht unmittelbar zusammen; aber da das zweite das erste voraussetzt, mag dieses hier gleichfalls seine Stelle finden. Es bildet das Ende einer längeren Erzählung, in welcher Athirne, ein berühmter Fili aus Ulster, eine Rundreise durch ganz Irland, schliesslich auch durch Leinster ausführt und der Anlass zu einer blutigen Schlacht zwischen den Lagnern und den Ultern wird; sie findet beim Etir-Horn oder Hill of Howth, nördlich vom Dubliner Meerbusen, statt. Die Ulter befehligt Conchobar, die Lagner ihr König Mess-Gegra, der Bruder des aus der ersten Geschichte bekannten Sohns der Stummen. Der Kampf ist für beide Teile verlustreich; aber die Lagner müssen schliesslich weichen. Hier setzt unser Stück ein.

Die Fahrt Conall Kernachs, womit es beginnt, geht bei der Hürden-Furt, d. h. wo heute Dublin steht, über den Liffey, dann südwestlich an Uachtar-Aird (heute: Oughterard) und Nas (Naas) in der Grafschaft Kildare vorbei, endlich, offenbar einer Strasse folgend, nordwestlich auf Cloinud (heute: Clane) zu. Beim zweiten Übergang über den Liffey, beim Cloinud-Pfad (irisch: Cassan Clointe), trifft er auf Mess-Gegra, der den Lagnern den Rücken deckt. — Die Begegnung mit Buan (Seite 68) ist wohl in Fine-Gall nördlich von Dublin zu denken.*)

I. Mess-Gegras Tod.

Conall Kernach folgte allein den Lagnern, um seine Brüder Mess-Dead und Laegire zu rächen, die in der Schlacht gefallen waren. Er fuhr über die Hürden-Furt, an Drumminech

---

*) Der irische Text ist im Facsimile des Book of Leinster, Seite 116b, und von Stokes, Revue Celtique VIII 56, veröffentlicht, der eine englische Uebersetzung beifügt.

vorbei, durch die Ui-Gable, nach Forcarthin, an Uachtar-Aird und Nas vorbei gegen Cloinud zu.

Wie die Lagner ihr Land erreicht hatten, zerstreuten sie sich, jeder nach seinem Ort. Mess-Gegra und sein Wagenlenker aber blieben beim Cloinud-Pfad allein hinter dem Heere zurück.

„Ich will einstweilen schlafen", sagte der Wagenlenker zu Mess-Gegra, „und dann schlafe du!"

„Mir ists recht", sagte der König.

Als Mess-Gegra das Wasser betrachtete, sah er eine Nuss mit der Strömung auf sich zukommen. Sie war so gross wie ein Mannskopf. Er stieg hinab, fing sie auf und spaltete sie mit seinem Messer; und die Hälfte des Kerns liess er für seinen Burschen übrig. Da sah er, wie sich der Bursche im Schlaf vom Boden erhob. Und er weckte ihn.

„Was hast du, Bursche?" fragte er.

„Ich hatte einen bösen Traum."

„Fang die Pferde ein, Bursche", sagte der König. Der Bursche fing sie ein.

„Hast du eine Nuss gegessen?" fragte er.

„Ja wohl."

„Hast du mir die Hälfte gelassen?"

„Nun, ein bisschen kleiner hab ich sie gemacht", sagte der König.

„Wer mir ein bisschen weg isst, isst mir wohl auch viel weg", sagte der Bursche. Und da ihm der König eben die Hand mit dem Kern entgegenstreckte, schlug er mit dem Schwert darnach und hieb ihm die Hand ab.

„Du thust Unrecht, Bursche", sagte der König. „Öffne meine Faust; du findest die volle Hälfte des Kerns darin."

Wie der Bursche das sah, kehrte er das Schwert gegen sich selbst, dass es ihm hinten aus dem Rücken drang.

„O weh, Bursche!" klagte der König. Dann spannte er seinen Wagen selber an und legte seine Hand vor sich hinein. Als er eben die Furt westwärts verliess, fuhr Conall von Osten hinein.

„So, so, Mess-Gegra?" rief Conall.

„Ich bin es", erwiderte dieser.

„Steh mir Rede!" sagte Conall.

„Was könntest du wollen, als wie es heisst: Wer dir etwas schuldet, den greife, wo du kannst!"

„Du hast meine Brüder bei dir", sagte Conall.*)

„Ich habe sie nicht im Gürtel."

„Du sollst es büssen", rief Conall.

„Das ist kein ehrlicher Kampf; ich habe nur eine Hand."

„Dafür werd ich sorgen", sagte Conall. „Ich lasse. mir meine Hand an den Leib binden!" — Und seine Hand wurde dreifach an seinen Leib gebunden. Sie hieben auf einander ein, dass sich das Wasser rötete. Aber Conall gewann das Spiel.

„Wohlan, Conall!" sagte Mess-Gegra. „Ich weiss, du gehst nicht weg, ohne meinen Kopf mitzunehmen. Lege meinen Kopf auf deinen Kopf und meine Würde zu deiner Würde!"

Conall hieb ihm den Kopf ab am Cloinud-Pfad und trug ihn auf einen Stein am Ufer der Furt. Ein Tropfen fiel aus dem Hals des Kopfes oben auf den Steinpfeiler und lief durch ihn hindurch bis auf den Boden. Und als er den Kopf auf den Steinpfeiler legte, kam er herab auf den Boden und rollte vorwärts auf das Wasser zu.

Conall hatte bisher der Bucklige geheissen. Denn drei Makel hafteten an Ulster; Conall hiess der Bucklige, Culanns Hund der Einäugige, Cuscrid der Stammler. Nach ihnen schieden sich die Ulter Frauen in drei Teile; denn jede war in einen von ihnen verliebt. Die in Culanns Hund Verliebten waren blind, bis sie mit ihm sprechen konnten, die in Conall Kernach Verliebten bucklig und die in Cuscrid Verliebten stammelten. Nun legte Conall den Kopf Mess-Gegras auf seinen Kopf, so dass er ihm über den Rücken rollte, und von Stund an war er gerade.

Dann bestieg Conall seinen Wagen allein und sein Wagenlenker den Mess-Gegras, und sie fuhren durch Ober-Fine. Da begegneten sie fünfzig Frauen; das war Buan, Mess-Gegras Frau, mit ihrem Gefolge, die von der Grenze südwärts kamen.

„Wessen Frau bist du?" fragte Conall.

„Die Frau Mess-Gegras, des Königs von Leinster."

„Dir ist befohlen, mit mir zu kommen", sagte Conall.

„Wer hat es befohlen?"

„Mess-Gegra."

„Hast du ein Zeichen bei dir"? fragte die Frau.

„Hier, seinen Wagen und seine Pferde."

„Er giebt vielen reiche Geschenke!"

---

*) Er meint ihre Köpfe.

„Und hier seinen Kopf!"

„Dann gehör ich ihm in der That nicht mehr", sagte Buan.

Der Kopf wurde bald rot, bald weiss.

„Was hat der Kopf, Frau?" fragte Conall.

„Ich weiss es wohl", erwiderte sie. „Mess-Gegra hat sich mit Athirne gestritten; er sagte, nie werde ein einzelner Ulter mich wegführen. Nun ist er in Unsicherheit über die Wahrheit seines Worts. Das hat der Kopf."

„Steig zu mir in den Wagen", befahl Conall.

„Warte, bis ich meinen Mann beklagt habe."

Da stiess sie einen Klageruf aus, dass man ihn bis nach Temir und bis nach Allinn*) hörte, warf sich rücklings hin und war tot. Dort an der Strasse ist ihr Grab, Coll Buana (Buans Haselstrauch); ein Haselstrauch ist durch ihr Grab hindurchgewachsen.

„Da, nimm den Kopf, Bursche", sagte Conall.

„Ich vermag ihn nicht zu tragen", erwiderte der Wagenlenker.

„So nimm das Gehirn heraus. Zerschneid es mit dem Schwert und bring es mit; dann mische Kalk darunter und forme einen Ball daraus."

So that er und liess den Kopf bei der Frau liegen. Dann fuhren sie nach Emin. Und die Ulter waren voll Rühmens, dass sie den König der Lagner erschlagen hatten.

II. Conchobars Tod.**)

Einst herrschte grosse Trunkenheit unter den Ultern in Emin Macha. Da begannen Conall, Culanns Hund und Laegire gewaltig zu streiten und sich ihrer Thaten zu rühmen. „Bringt mir Mess-Gegras Hirn", sagte Conall; „dann will ich mit den Männern reden, die mit mir zu streiten wagen." — Zu jener Zeit war es bei den Ultern Sitte, jedem Helden, den sie im Zwei-

---

*) Cnoc Aillinne, eine Burg der Könige von Leinster, drei Kilometer östlich von der Stadt Kildare.

**) Der irische Text ist im Facsimile des Book of Leinster, Seite 123 b, veröffentlicht, auch von O'Curry, Lectures on the manuscript materials of ancient Irish history, p. 637, mit einer englischen Übersetzung.

kampf getötet hatten, das Gehirn herauszunehmen, es mit Kalk
zu mischen und harte Bälle daraus zu formen. Wenn sie dann
über ihre Kriegsthaten stritten, wurden ihnen die Bälle in die
Hand gegeben.

„Sieh, Conchobar!" sagte Conall. „Eine solche That können
die Männer, die da streiten, im Zweikampf nicht ausführen; sie
dürfen sich mit mir nicht messen."

„Das ist wahr", sagte Conchobar.

Dann wurde das Hirn wieder auf die Bank gelegt, wo es
immer lag.

Am andern Tag gingen sie, jeder seines Wegs, zu ihrem
Spiel. Damals zog Ket Matas Sohn auf Abenteuer durch Ulster.
Er war das grimmigste Ungeheuer, das in Irland lebte. So kam
er, mit drei Ulterköpfen, über die Burgwiese von Emin daher,
als eben die Schwachsinnigen mit dem Gehirn Mess-Gegras
spielten; und einer der Schwachsinnigen nannte es dem andern.
Das hörte Ket. Er riss das Hirn einem von ihnen aus der
Hand und nahm es mit sich; denn er wusste, dass Mess-Gegra
geweissagt worden war, er werde sich nach seinem Tode rächen.
Jedesmal, wenn es zwischen Connachtern und Ultern zu Kampf
und Schlacht kam, trug er nun das Hirn in seinem Gürtel, ob
er etwa damit eine gewichtige Mordthat unter den Ultern voll-
bringen könne.

Einst zog Ket aus nach Osten und trieb den Männern von
Ross ihr Vieh weg. Er wurde von den Ultern verfolgt. Von der
andern Seite kamen die Connachter herbei, ihn herauszuhauen.
So entspann sich ein Kampf zwischen ihnen. Conchobar selber
kam in die Schlacht. Da baten ihn die Frauen von Connaught,
er möge etwas bei Seite treten, dass sie seine Gestalt anschauen
könnten. Denn es gab auf Erden keinen Menschen, der sich
mit Conchobar vergleichen konnte an Schönheit und Gestalt
und Kleidung, an Grösse und Körperbau und Ebenmass, an
Auge und Haar und Weisse der Haut, an Weisheit und Klugheit und Wohlredenheit, an Ausstattung und Glanz und Haltung, an Waffen und Reichtum und Würde, an Geselligkeit und
Tapferkeit und Adel. Wahrlich, Conchobar war nicht reich an
Fehlern.

Es war aber auf Kets Rat geschehen, dass die Frauen die
Bitte*) an Conchobar gerichtet hatten. So trat er allein bei

---

*) Im Irischen „ail-ges", eine Bitte, deren Verweigerung Schande bringt.

Seite, dass ihn die Frauen betrachten könnten. Nun mischte sich Ket unter die Frauen, legte Mess-Gegras Hirn in die Schleuder und schoss es ab. Es fuhr in Conchobars Scheitel, so das zwei Drittel davon in seinem Haupte staken und er köpflings zu Boden stürzte. Die Ulter eilten herbei und trugen ihn fort von Ket. Am Ufer der Furt von Daire-Da-Baeth, da war es, dass Conchobar fiel; dort ist noch sein Lager zu sehen und ein Steinpfeiler zu seinen Häupten und einer zu seinen Füssen.

Nun flohen die Connachter bis zum Weissdorn von Ard-na-Con. Dann wurden die Ulter wieder zurückgedrängt bis zur Furt von Daire-Da-Baeth. „Tragt mich weg!" rief Conchobar. „Das Königtum von Ulster geb ich dem, der mich bis in mein Haus trägt!" — „Ich werde dich tragen", sagte Kenn-Berride, sein Bursche. Er band einen Riemen um ihn und trug ihn auf dem Rücken bis nach Ard-Achad am Fuat-Berg; dort brach ihm das Herz. Daher spricht man von ‚Kenn-Berrides Königtum über Ulster', das heisst: er trug einen halben Tag den König auf seinem Rücken.

Und hinter dem König erhob sich der Kampf von neuem bis zum folgenden Tag; dann wurden die Ulter geschlagen.

Zu Conchobar brachte man seinen Arzt Finngen. Der ersah aus dem Rauch, der aus einem Haus aufstieg, wie viel Kranke darin lagen, und welche Krankheiten sie hatten.

„Sieh", sagte Finngen, „nimmt man dir den Stein aus dem Kopf, so stirbst du sofort. Nimmt man ihn aber nicht heraus, so möchte ich dich wohl heilen; aber es bleibt ein Makel."

„Wir haben lieber einen Makel an ihm, als dass er stirbt", sagten die Ulter.

So wurde sein Kopf geheilt und mit goldenem Faden genäht; denn die Farbe von Conchobars Haar war gleich der Farbe des Goldes. Und der Arzt sagte zu Conchobar, er müsse sich in Acht nehmen, dass er nicht zornig werde, und dass er kein Pferd besteige, und dass er sich um keine Frau errege, und dass er nicht schnell laufe. In diesem unsichern Zustand blieb er, so lang er noch lebte, sieben Jahre; und er that gar nichts, sondern sass da und gab Acht auf sich, bis er hörte, dass Christus von den Juden gekreuzigt werde. Damals kam ein heftiges Zittern über die Geschöpfe, und Himmel und Erde erbebten bei der schrecklichen That, die da geschah, der Kreuzigung des unschuldigen Sohns des lebendigen Gottes.

„Was ist das?" fragte Conchobar seinen Druiden. „Welche
grosse Missethat geht heute vor sich?"

„Das ist es in Wahrheit", antwortete der Druide. „Christus,
der Sohn Gottes, wird heut von den Juden getötet."

„Das ist eine schreckliche That!" rief Conchobar.

„Und jener Mann", sagte der Druide, „ist in derselben
Nacht wie du geboren, am 25. Dezember, wenn auch nicht in
demselben Jahr".

Da glaubte Conchobar. Und er ist der zweite Mann in
Irland, der an Gott glaubte, bevor der Glaube nach Irland kam.
Der andere ist Morann.

Die älteste Handschrift lässt nun Conchobar in höchster Er-
regung in einen langen rhetorischen Wortschwall ausbrechen, in
dem er seinem Unwillen über das gegen Christus verübte Unrecht
und über seine Unfähigkeit ihm zu helfen Ausdruck giebt, doch
in so dunkler Weise, dass auf eine Übersetzung hier verzichtet
werden muss. Darüber vergisst der Erzähler eigens zu berichten,
dass der König bei diesem Wutausbruch das Leben verliert. In
einer jüngern Handschrift ist das auf folgende Weise nachgeholt. *)

„Wohl", rief Conchobar, „so werden tausend Männer in
ihren Waffen durch mich fallen, für die Kreuzigung Christi!" —
Und er sprang nach seinen zwei Speeren und schwang sie so
heftig, dass sie in seiner Faust zerbrachen. Dann ergriff er sein
Schwert und hieb in den Wald, der ihn umgab, so dass er ein
freies Feld daraus machte; das ist das Lamrige-Feld bei den
Männern von Ross. Und er rief: „So würd ich Christus an
den Juden und denen, die ihn gekreuzigt haben, rächen, wenn
ich sie erreichen könnte!" — Bei dieser seiner Wut sprang das
Hirn Mess-Gegras aus seinem Kopf, und sein eigenes Gehirn
folgte nach; und so starb er. Darum spricht jedermann:
„Conchobar ist des Himmels teilhaftig, weil er Christus hat Hilfe
bringen wollen." —

---

*) Der Text ist teilweise publiziert und übersetzt von Kuno Meyer, The Celtic
Magazine XII (1887), p. 209; das übrige verdanke ich seiner brieflichen Mitteilung.

8. Warum Art der Einzige genannt wurde.

Als nach der Eroberung Englands durch die französischen Normannen die keltische Litteratur — zwar nicht die irische, aber die ihr nah verwandte britannische — mit der französischen in Berührung trat, da waren es nicht zum wenigsten die keltischen Feenmärchen, die auf das französische Publikum einen bezaubernden Einfluss ausübten und zur Nachdichtung einluden. Was die Franzosen Feen nennen, deckt sich allerdings nur halb mit den irischen „Side" (im irischen Englisch: „Shee's"), da diese über- oder unterirdischen Wesen ebenso oft männlichen als weiblichen Geschlechts sind. Der schöne Jüngling, bei dem Bricriu die verschwundene Dechtire findet (No. 5), der Vater Setantas, ist ein Side. Auch in der Frau, die in „Der Ulter Wochenbett" (No. 3) die Hauptfigur bildet, wird der Leser leicht eine Fee oder Side erkannt haben. Die Wohnungen dieser Wesen heissen im Irischen „Sid"; als solche denkt man sich bald die Hügel in Irland, die sich zum Teil dem antiquarischen Forscher als vorhistorische Grabhügel zu erkennen geben, bald ferne Inseln, dem gewöhnlichen Sterblichen unerreichbar. Was die Side und ihre Wohnsitze sonst noch für wunderbare Eigenschaften haben, das mögen uns die irischen Erzähler am besten selber lehren. — Besonders beliebt ist das Motiv, dass irische Helden von einer Side entführt werden. Nicht die allerälteste, aber die abgerundetste Erzählung dieser Art sei hier als Beispiel gegeben.

Conn Hundertkampf und sein Sohn Art der Einzige waren nach den irischen Annalisten Oberkönige von Irland im zweiten Jahrhundert n. Chr. Die Landschaft Usnech liegt in der Grafschaft Westmeath, also im alten Mide, das Archommin-Feld, wie aus unserer Geschichte hervorgeht, an der Meeresküste*).

---

*) Der irische Text ist veröffentlicht in den Facsimiles des Leabhar na h-Uidhri, S. 120a, und des Yellow Book of Lecan, S. 16a; gedruckt von O'Beirne Crowe, Journal of the Royal historical and archaeological Association of Ireland, Ser. IV, T. III 128, mit einer englischen Übersetzung und von Windisch, Kurzgefasste irische Grammatik, S. 118. Französische Übersetzungen von Dottin, Revue de l'histoire des religions XIV, und von d'Arbois de Jubainville, L'épopé celtique en Irlande, p. 885; eine Übertragung ins Englische bei Joyce, Old Celtic romances, p. 106.

Eines Tages war Condla der Rote, Sohn von Conn Hundertkampf, an der Seite seines Vaters in Ober-Usnech. Da sah
er ein Weib in wunderbarem Gewand auf sich zukommen.

 „Woher bist du gekommen, Weib?" fragte er.

 „Ich komme", erwiderte es, „aus den Ländern der Leben-
den, da wo es nicht Tod giebt noch Sünde. Wir schmausen
fortwährend, ohne Speise zu rüsten; schöne Geselligkeit haben
wir ohne Streit. In grossem Frieden (irisch: sīd) leben wir;
darum nennt man uns Side."

 „Mit wem sprichst du, Junge?" fragte Conn seinen Sohn.
Denn niemand ausser Condla sah das Weib. Dieses antwortete
für ihn:

> „Er spricht mit einem schönen Weib,
> Jung und edeln Geschlechts,
> Dem Tod nicht droht noch Alter.
> Ich liebe Condla den Roten!
> Ich ruf ihn nach dem Feld der Wonnen,
> Wo König Bóadag ewig herrscht;
> Sein Land kennt Jammer nicht noch Weh,
> So lang er herrscht."

> „Komm mit, o Condla!
> Du halsgeschmückter, rot wie ein Licht!
> Blond ist dein Haar über purpurnem Antlitz
> Zur steten Zier deiner Königsgestalt.
> Willigst du ein, so verwittert niemals
> Deine Gestalt, und ewig glänzt dir
> Jugend und Schönheit."

 Da rief Conn seinen Druiden; der hiess Coran. Alle hörten
nämlich, was das Weib sprach, ohne es zu sehen.

> „Ich bitte dich, Coran!
> Grosse Gesänge kennst du,
> Grosse Künste übst du.
> Ein Notfall befiel mich,
> Der meinen Rat übersteigt,
> Der meine Macht übersteigt.
> Nie kam solcher Streit mir,

Seit Herrscher ich bin:
Ein Kampf mit der unsichtbaren Gestalt,
Die mich bedrängt,
Meinen schönen Sohn zu rauben
Durch Heidenkünste.
Weibersprüche
Führ'n ihn hinweg von der Seite des Königs."

Da übersang der Druide die Stimme des Weibes, so dass
sie niemand hörte; und alsbald sah Condla das Weib nicht
mehr. Aber als es wich vor dem gewaltigen Lied des Druiden,
bot es Condla einen Apfel. Einen Monat lang blieb Condla
ohne Bissen und Trunk; er verschmähte jede andere Speise
ausser seinem Apfel. Und so viel er davon ass, der Apfel nahm
nicht ab, sondern blieb immer ganz. Da ergriff Condla Sehnsucht nach dem Weibe, das er gesehen hatte.

An dem Tag, da der Monat voll wurde, befand sich
Condla an der Seite seines Vaters im Archommin-Felde. Da
sah er dasselbe Weib auf sich zukommen; das sprach zu ihm:

„Auf erhabenem Sitz thront Condla
Unter Sterblichen und Vergänglichen
In Erwartung grausigen Todes.
Lebende, Ewige laden dich ein!
Ein Held erscheinst du Tethras*) Leuten,
Die täglich dich sehn unter lieben Verwandten
In deines Vaterlands Versammlung."

Wie Conn die Stimme des Weibes hörte, sprach er zu
seinen Begleitern: „Ruft mir den Druiden. Ich sehe, heut ist
ihr die Zunge gelöst."

Da sang das Weib:

„O Conn Hundertkampf!
Druidenkunst, die liebe nicht!
Nicht lange währts,
So betritt zum Gericht den weiten Strand
Ein Gerechter mit vielen Begleitern,
Vielen und herrlichen.
Gar bald erreicht dich sein Gesetz;

---

*) Geisterfürst, Gemahl der Todesgöttin.

> Das bricht der Druiden ruchlose Sprüche
> Vor Augen des Teufels, des schwarzen Zaubrers."*)

Conn wunderte sich, dass Condla mit niemand redete, sobald das Weib erschienen war.

„Berückt dir den Sinn, was das Weib spricht, Condla?" fragte Conn.

„Ich weiss nicht recht", antwortete Condla. „Ich liebe meine Leute über alles. Doch hat mich Sehnsucht nach dem Weib ergriffen!"

Da sang ihm das Weib:

> „Lange steht dir doch der Sinn
> Nach dem Meere, weg von hier.
> Woll'n zu Bóadags Sid wir fahren
> Steig zu mir ins Schiff von Glas.

> Noch ein andres, fernes Land
> Weiss ich; schlechter ist es nicht.
> Senkt sich gleich die weisse Sonne,
> Vor der Nacht erreichen wirs.

> Freude füllet stets den Sinn
> Jedes, der drin wandelt.
> Kein Geschlecht wird dort erblickt
> Als nur Frau'n und Mädchen."

Wie die Jungfrau ihren Bericht geendet hatte, sprang Condla von ihnen weg in das gläserne Schiff. Und man sah sie kaum mehr in der äussersten Ferne, die das Auge erreichte. So fuhren sie fort übers Meer und wurden nie mehr gesehn; und man weiss nicht, wohin sie gefahren sind.

Während die übrigen zusammen standen und darüber sprachen, sahen sie Conns zweiten Sohn Art auf sich zukommen.

„Jetzt ist Art der einzige", sagte Conn; „denk wohl, er hat keinen Bruder mehr."

„Ein Glückswort hast du gesprochen!" rief Coran. „Der Name soll ewig dauern: Art der Einzige!"

Und seither blieb ihm der Name.

---

*) Prophezeiung des heiligen Patricius, der das Christentum nach Irland bringt.

9. Etain und Alill Anguba.

Die in altertümlichem Stil erzählte Geschichte zeigt uns, dass auch Feen, die völlig zu menschlichen Frauen geworden waren, ihre Eigenschaft, heftigste Liebesleidenschaft zu erregen, nicht verloren. Sie ist eigentlich nur eine Episode aus einer Reihe von Erzählungen, die alle von Etain handeln; doch haben sich von den vorhergehenden und folgenden in unserer ältesten Quelle nur Trümmer erhalten. Aus ihnen und zum Teil aus unserer Geschichte selbst erfahren wir, das Etain einst die Frau des Side-Fürsten Mider von Bri-Leith gewesen und wohl durch die Eifersucht einer andern Side, Namens Fuamnach, von ihrem Mann getrennt worden war. Durch deren Zauberkünste hatte der Sturmwind sie (als kleines Insekt?) sieben Jahre lang durch die Luft geführt, „bis er sie auf dem Dach eines Hauses absetzte, in dem die Ulter zechten. Sie fiel in den goldenen Becher, der neben der Frau Etirs, des Kriegers von Inber Kichmine in Conchobars Fünftel, stand, und wurde von dieser mit dem Zug, den sie aus dem Becher that, verschluckt; so kam sie in ihren Leib und wurde später als ihre Tochter geboren. Man nannte sie Etain Etirs Tochter.“ — Von ihren späteren Schicksalen hören wir, dass Mider sie nachmals ihrem Gatten Eochid Airem im Schachspiel wieder abgewann und entführte, worauf das Gespräch am Ende unserer Erzählung anspielt.

Die Landschaft Tethba (Teffia) gehört teils zur heutigen Grafschaft Longford, teils zu Westmeath; die Fremin-Burg daselbst hat dem „Hill of Frewin“ ihren Namen hinterlassen.*)

Eochid Airem (der Pflüger) wurde König von Irland, und die fünf Fünftel Irlands waren ihm unterthan. Könige derselben waren damals Conchobar der Sohn der Ness, Mess-Gegra,

*) Der irische Text im Facsimile des Leabhar na h-Uidhri, S. 129b, und bei Windisch, Irische Texte I 117, wo auch eine jüngere Version abgedruckt ist.

Tigernach Tetbannach, Cu-Roi und Alill, Mata Murescs Sohn.
Eochids Burgen waren die Fremin-Burg in Mide und die Fremin-
Burg in Tethba. Fremin in Tethba war ihm die liebste unter
allen Burgen Irlands.

Im ersten Jahr, nachdem Eochid König geworden, be-
schied er die Männer Irlands zur Feier des Festes von Temir,
um ihre Leistungen und Abgaben auf fünf Jahre zu bestimmen.
Einstimmig antworteten die Iren Eochid, sie würden sich nicht
zur Temir-Feier versammeln bei einem König ohne Königin.
Denn Eochid hatte keine Frau, als er zur Herrschaft gelangte.
Da entsandte er die Boten aller Fünftel durch Irland hin, ihm
die schönste Frau oder Jungfrau zu suchen, die es in Irland
gebe. Und er sagte, er werde nur eine Frau nehmen, die kein
Mann von Irland vorher gekannt habe. Eine solche fand man
ihm in Etain, der Tochter Etirs, bei Inber Kichmine. Und
Eochid führte sie heim; denn sie stand ihm wohl an an Schönheit und Gestalt und Geschlecht, an Glanz und Jugend und Ruf.

Sein Vater Finn, der Sohn Finnlugs, des Sohns der Königin,
hatte drei Söhne gehabt: Eochid Fedlech, Eochid Airem und
Alill Anguba. Am Feste von Temir verliebte sich Alill Anguba
in Etain, nachdem sie schon Eochids Lager geteilt hatte, indem
er sie fortwährend anstarrte. Da langes Anstarren Zeichen von
Liebe ist, tadelte ihn sein Gewissen ob dieser Handlung, und
er that es nicht absichtlich. Sein Wille war stärker als seine
Natur. Doch fiel er darüber in Krankheit, dass er seiner Ehre
nichts abgebrochen und es der Frau selber nicht gestanden
hatte. Als er den Tod vor Augen hatte, sandte man Fachtna,
Eochids Arzt, ihn zu untersuchen. Der sprach zu ihm: „Eine
der zwei Krankheiten, die den Menschen töten und welche Ärzte
nicht heilen, musst du haben, Liebesschmerz oder Eifersuchts-
schmerz." Alill gestand ihm aber nichts ein; denn er schämte
sich. So wurde er sterbend zu Fremin in Tethba gelassen,
während sich Eochid auf einen Rundgang durch Irland begab.
Bei Alill liess dieser Etain zurück; sie sollte ihm die letzten
Ehren erweisen: sein Grab graben, die Totenklage halten und
seine Tiere töten lassen.

Etain pflegte nun jeden Tag in das Haus, wo Alill krank
lag, zu kommen und mit ihm zu reden. Davon wurde seine
Krankheit leichter. Und so lange Etain dort verweilte, so lange
pflegte er sie anzublicken. Das bemerkte sie und bewegte es

in ihrem Sinn. Eines Tages, als sie beide im Haus waren, fragte sie ihn, was der Grund seiner Krankheit sei.

„Die Liebe zu dir", erwiderte Alill.

„Schade, dass du so lange nicht gesprochen hast!" sagte sie. „Du wärst längst gesund, wenn wir's gewusst hätten."

„Auch heut noch würd ich gesund, wenn du wolltest."

„Ich muss wohl wollen", sagte sie.

Nun besuchte sie ihn jeden Tag und wusch ihm den Kopf, zerlegte ihm die Speise und gab ihm Wasser auf die Hände. Nach dreimal neun Tagen war er gesund. Da sagte er zu Etain: „Und was jetzt noch zu meiner vollen Genesung fehlt, wann wirst du mir das gewähren?"

„Morgen sollst du's haben. Nur darf des Herrschers Schande nicht in seiner Wohnung vor sich gehn. Triff du mich morgen früh auf dem Hügel über dem Gehöfte."

Am Anfang der Nacht wachte Alill; aber die Stunde des Stelldicheins verschlief er und erwachte nicht vor der dritten Stunde des nächsten Tages.

Etain ging zum Stelldichein und traf einen Mann, der Alill an Gestalt gleich sah; der klagte über seine Schwächung durch die Krankheit. Und sie sprach zu ihm in der Weise, die Alill angenehm sein sollte.

Um die dritte Stunde erwachte Alill. Als Etain ins Haus trat, blickte er sie lange traurig an.

„Was macht dich traurig?" fragte sie.

„Dass ich dich zum Stelldichein bestellt habe und selber nicht hingekommen bin. Der Schlaf überwältigte mich; ich bin eben erst aufgestanden. Jetzt seh ich deutlich, meine Genesung ist noch nicht gekommen."

„Das wird nicht sein", erwiderte Etain; „ein Tag folgt auf den andern."

Auch diese Nacht begann er zu wachen und hatte ein grosses Feuer vor sich und Wasser neben sich, um sich die Augen zu netzen. Zur verabredeten Stunde ging Etain zum Stelldichein und sah denselben Mann von Alills Aussehn. Dann kehrte sie zum Haus zurück und fand Alill jammernd.

Und zum dritten Mal ging Etain zum Stelldichein und traf dort Alill nicht, sondern denselben Mann.

„Nicht dich hab ich herbestellt", sagte sie. „Wer bist du, der du dich in mein Stelldichein drängst? Der Mann, den ich bestellt habe, den treff ich nicht sündlicher oder unnützer Weise, sondern auf dass die Frau des Königs von Irland ihn von der Krankheit heile, an der er gelitten hat."

„Es stände dir besser an, zu mir zu kommen. Denn zur Zeit, da du Etain Echride, Tochter Alills, hiessest, war ich dein Gatte. Ich hatte dich teuer erkauft mit den ersten Feldern und Wassern Irlands und liess so viel Gold und Silber, als du selber wogst, für dich zurück."

„Wie heisst du?" fragte sie.

„Mider von Bri-Leith."

„Was hat uns denn getrennt?"

„Fuamnachs Zeugnis und die Zaubersprüche von Bresal Echarlam." — Und weiter sprach Mider zu Etain: „Willst du mit mir kommen?"

„Nein, ich werde nicht den König von Irland für einen Mann hingeben, dessen Stamm und Geschlecht ich nicht kenne?"

„Ich war es", sagte Mider, „der die Liebe zu dir so lange Zeit in Alills Sinn legte, dass ihm Blut und Fleisch dahinschwand; und ich war es, der ihm jeden fleischlichen Trieb benahm, damit deine Ehre keinen Schaden leide. — Aber wirst du mich in mein Land begleiten, wenn es dir Eochid selber sagt?"

„Dann ist's mir recht", sagte Etain.

Darauf kehrte sie zum Haus zurück. „Schön, dass wir uns treffen", rief Alill. „Jetzt bin ich geheilt, und doch hat deine Ehre nicht gelitten."

„Das ist ja herrlich so", sagte Etain.

Als Eochid von seinem Rundgang zurückkehrte, war er wohl zufrieden, dass sein Bruder am Leben war, und er dankte Etain sehr für das, was sie bis zu seiner Rückkunft gethan hatte.

10. Wie Culanns Hund krank lag.

Es konnte nicht fehlen, dass man auch den bevorzugten Helden der damaligen Sage, Culanns Hund, ein Liebesabenteuer mit einer Fee erleben liess. Zwei sich sehr nahe stehende Erzählungen scheinen dieses Thema behandelt zu haben. Unsere Überlieferung hat nun beide zu verschmelzen gesucht und zwar so, dass sie im ersten Teil wesentlich der einen, im zweiten ganz der andern, sprachlich jüngern folgt, nur dass sie gelegentlich ein paar Gedichte einfügt. Um die Narbe zu verdecken, wo beide verwachsen sind, ist ein selbständiges Stück, die Wahl des Oberkönigs Lugid, in die Mitte eingeschoben worden. Ich scheide dieses aus und gebe die beiden Bruchstücke, die sich einigermassen ergänzen, gesondert.*)

Jedes Jahr pflegten die Ulter eine Festversammlung abzuhalten drei Tage vor Samuin**), am Samuin selbst und drei Tage nach Samuin. So lang dauerte das jährliche Fest auf dem Murthemne-Feld, und so lang gab es nichts als Spiele und Versammlungen, Glanz und Pracht, Essen und Trinken. Von da stammen die Samuin-Feiern durch ganz Irland.

Einst wurde auch diese Versammlung auf dem Murthemne-Feld abgehalten, und alle Ulter waren angekommen ausser zweien, Conall Kernach und Fergus Roigs Sohn. „Lasst das

---

*) Der irische Text ist veröffentlicht im Facsimile des Leabhar na h-Uidhri, Seite 43a; ferner von O'Curry, Atlantis Vol. I No. II p. 362 u. Vol. II No. III p. 98 mit einer englischen Uebersetzung; von Gilbert, Facsimiles of national manuscripts of Ireland, P. I, Tafel XXXVII u. XXXVIII u. P. II, Appendix IV A—I mit einer englischen Uebersetzung von O'Looney; endlich von Windisch, Irische Texte I 205 u. 325. Eine französische Uebersetzung von d'Arbois de Jubainville und Dottin, L'épopée celtique en Irlande, p. 174. — In der Trennung der Bestandteile folge ich im Wesentlichen Zimmer, Zeitschrift für vergleichende Sprachforschung XXVIII 594.

**) Samuin ist der erste November (Allerheiligen), der als Winteranfang galt.

Fest beginnen!" sagten die Ulter. — „Es darf nicht beginnen",
widersprach Culanns Hund, „bis Conall und Fergus da sind". —
Denn Fergus war sein Pflegevater und Conall Kernach sein
Milchbruder. Da sprach Sencha: „Lasst uns einstweilen Schach
spielen, und man soll uns Lieder singen, und die Gaukler sollen
ihre Kunststücke machen."

Während das geschah, liess sich ein Schwarm Vögel auf
dem See vor ihnen nieder. Es gab keine schöneren in Irland.
Da gelüstete es die Frauen nach den Vögeln, die hin und her
flogen, und jede rühmte von ihrem Gatten, er könne sie
fangen.

„Ich wünsche mir einen Vogel aus dem Schwarm dort
auf jede meiner Schultern", sagte Ethne Atencathrech, die Frau
Conchobars.

„Das wünschen wir uns alle", riefen die andern Frauen.

„Wenn sie für irgend eine gefangen werden, dann an
erster Stelle für mich", sagte Ethne Inguba, die Frau von Culanns Hund.

„Was sollen wir da thun?" fragten die Frauen.

„Nun", sagte Leborcham, die Tochter von Oa und Adarc,
„ich will als eure Botin zu Culanns Hund gehn und ihn bitten."

Und sie trat zu ihm und sagte: „Die Frauen möchten
gern die Vögel dort von dir bekommen." — Da fuhr er ans
Schwert und zückte es gegen sie: „Finden die Dirnen der Ulter
nichts anderes als uns heut auf die Vogeljagd zu schicken?"

„Dir ziemt es wahrlich nicht, so gegen sie zu wüten",
erwiderte Leborcham; „denn durch dich haftet der dritte Makel
an den Ulterfrauen, die Einäugigkeit." — Denn drei Makel
hafteten an den Frauen Ulsters, Buckligkeit, Stammeln und Einäugigkeit. Jede Frau, die sich in Conall Kernach verliebte,
wurde bucklig; jede, die sich in Cuscrid den Stammler von
Macha, Conchobars Sohn, verliebte, deren Rede wurde stam-
melnd. Ebenso jede, die sich in Culanns Hund verliebte, deren
eines Auge erblindete in Angleichung an Culanns Hund und
aus Liebe zu ihm; denn seine Art war, wenn er böse wurde,
das eine Auge einzuziehen, dass kein Kranich in seinen Kopf
hätte langen können, das andere herauszudrängen, dass es so
gross wurde wie ein Kessel, in dem man ein Kalb kochen kann.

„Spann uns den Wagen an, Laeg!" befahl Culanns Hund.
Laeg spannte an und Culanns Hund stieg ein. Er gab den

Vögeln einen Rundschlag mit dem Schwert, dass sie mit Füssen und Flügeln am Wasser hafteten.*) Dann fingen sie sie alle und brachten sie mit und verteilten sie unter die Frauen, so dass jede zwei Vögel erhielt bis auf die einzige Ethne Inguba. Wie er dann zu seiner Frau kam, sprach er zu ihr: „Du bist böse?"

„Gar nicht böse", erwiderte Ethne; „denn ich teile sie ihnen ja aus. Du weisst wohl, es ist keine unter ihnen, die nicht in dich verliebt wäre, und an der du keinen Teil hättest; aber ich — an mir hat kein anderer Teil als du allein!"

„So sei nicht böse", sagte Culanns Hund. „Wenn wieder Vögel aufs Murthemne-Feld oder auf die Boyne kommen, sollst du die beiden schönsten erhalten."

Es dauerte nicht lange, so sahen sie zwei Vögel auf dem See, die mit einer Kette von Rotgold verbunden waren. Die sangen ein leises Liedchen; da fiel die Menge in Schlaf. Culanns Hund aber ging auf sie zu.

„Wolltest du auf mich hören", sagte Ethne, „so gingst du nicht zu ihnen hin. Denn hinter diesen Vögeln steckt irgend eine Macht. Du kannst mir andere Vögel fangen."

„Soll das heissen, dass du mir Vorwürfe machst?" rief Culanns Hund. „Leg einen Stein in die Schleuder, Laeg!"

Laeg nahm einen Stein und legte ihn in die Schlinge. Culanns Hund schoss ihn nach den Vögeln; aber er warf fehl. „O weh!" rief er. Er nahm einen andern Stein, schoss ihn nach ihnen, und er flog an ihnen vorbei. „Ich bin des Todes!" rief er. „Seit ich die Waffen erhalten habe, hab ich nie einen Fehlwurf gethan bis heute." — Dann warf er seinen Croisech-Speer nach ihnen; der fuhr dem einen Vogel durchs Flügel-gelenk, und beide verschwanden unters Wasser.

Darauf ging Culanns Hund hin und legte sich mit dem Rücken auf einen flachen Stein; er war missgestimmt und fiel in Schlaf. Da sah er zwei Frauen auf sich zukommen, die eine in einem grünen Mantel, die andere in einem fünffachen Purpur-mantel. Die im grünen Mantel trat auf ihn zu, lachte ihn an und gab ihm einen Streich mit dem Pferdestachel. Dann trat die andere herzu, lachte ihn an und schlug ihn ebenso. Und

---

*) Man muss sich denken, dass er sein Vogeljagd-Cless, den Kreissprung durch die Luft, ausführt.

so trieben sie's lange Zeit; eine um die andere trat zu ihm und schlug ihn, bis er dem Tod nahe war. Dann verschwanden sie.

Die Ulter bemerkten alle seinen Zustand und sagten, man solle ihn wecken. „Nein", widersprach Fergus, „rührt ihn nicht an! Er hat ein Gesicht."

Dann erhob er sich im Schlaf. „Was ist dir geschehen?" fragten die Ulter. Er vermochte aber nicht zu ihnen zu sprechen. Man trug ihn hinweg, und ein Jahr lang lag er da, ohne mit irgend jemand zu reden.

Nach Verlauf eines Jahrs, am Tage vor Samuin, als die Ulter um ihn im Hause versammelt waren, trat ein Mann zu ihnen herein und setzte sich auf die Vorderseite der Pritsche, auf der Culanns Hund lag.

„Was bringt dich her?" fragte Conall Kernach.

„Wäre der Mann, der hier liegt, gesund, so wäre er mir Schutz gegen alle Ulter; jetzt, da er schwach und krank daliegt, wird er mir ein um so kräftigerer Schutz gegen sie sein. Mit ihm zu reden bin ich gekommen; so fürcht ich mich vor niemand."

„Sei gegrüsst! Fürchte nichts!" sagten die Ulter.

Da stand er auf und sang ihnen die Verse:

> „O Culanns Hund! Wie jammervoll,
> So lange krank zu liegen!
> Wohl heilten dich, wär'n sie bei dir,
> Aed-Abrats schöne Töchter.

> Denn Liban sprach — im Feld von Cruach
> Zur Seite Labrids thront sie —,
> Es wär der Herzenswunsch von Fann
> An deiner Seite zu schlafen.

> ‚Erlebte doch mein Land den Tag,
> Da Culanns Hund es besuchte!
> Er fände Silber hier und Gold,
> Viel Wein fänd' er zu trinken.

> O, wärest du schon jetzt mein Freund,
> Súaldims Sohn, Hund Culanns,
> Was du im Schlaf gesehen hast,
> Errängst du ohne Heere.

Im Süden in der Samuin-Nacht
Auf dem Múrthemne-Felde,
Da triffst du Liban, ich send sie hin
Zu heilen deine Krankheit.‘ “

„Zu wem gehörst du?“ fragten sie.

„Ich bin Aengus, Aed-Abrats Sohn“, antwortete er und verschwand. Und sie wussten nicht, wohin er gegangen noch woher er gekommen war.

Nun setzte sich Culanns Hund auf und konnte sprechen.

„Es ist hohe Zeit!“ sagten die Ulter. „Erzähl uns, was dir begegnet ist.“

„Am vergangenen Samuin hab ich einen Traum gehabt.“ Und er erzählte ihnen alles, wie er es gesehen hatte. „Was soll ich nun thun, Meister Conchobar?“

„Was du thun sollst?“ erwiderte Conchobar. „Mach dich auf und geh zu demselben Stein.“

Da ging Culanns Hund hinaus zu dem Stein und sah die Frau im grünen Mantel auf sich zukommen.

„Das ist schön, Hund Culanns!“ sagte sie.

„Mich dünkts nicht schön. Was sollte euer Besuch vor einem Jahr?“ erwiderte Culanns Hund.

„Wir waren nicht gekommen, um euch Schaden zuzufügen, sondern um dich um deine Freundschaft zu bitten. Jetzt bin ich von Fann, der Tochter Aed-Abrats, geschickt, um mit dir zu reden. Manannan Lers Sohn*) hat sie verlassen; da hat sie dir ihre Liebe geschenkt. Und ich selber heisse Liban. Mein Gatte, Labrid Schnell-Hand-am-Schwert, lässt dir entbieten, er wolle dir das Mädchen überlassen, wenn du einen einzigen Tag an seiner Seite gegen Senach Siaborthe, Eochid Iuil und Eogan Inbir kämpfst.“

„Ich bin doch heute nicht tüchtig, mich mit Männern zu schlagen.“

„Es wird eine kurze Stunde dauern“, sagte Liban, „so wirst du gesund sein und wieder erhalten, was dir an Kraft noch fehlt. Du musst das Labrid zu Gefallen thun; denn er ist der beste Krieger von der Welt.“

„Wo ist er?“ fragte Culanns Hund.

---

*) Manannan, der Sohn des Meers (irisch: ler), ist ein alter Meergott der Iren, der in den Sagen als ein Fürst der Side erscheint.

„Er ist in Mag Mell (Feld der Wonnen). — Doch ich muss jetzt weiter."

„Laeg soll mit dir gehn und das Land erkunden, aus dem du gekommen bist."

„So mag er kommen!" sagte Liban.

So gingen sie mit einander nach der Gegend hin, wo Fann sich aufhielt. Da schritt Liban auf Laeg zu und fasste ihn an der Schulter. „Heut entkommst du nicht lebendig", sagte sie, „wenn dich nicht eine Frau schützt."

„Daran waren wir bisher nicht eben gewöhnt", erwiderte Laeg, „an Weiberschutz".

„Schade und Jammerschade, dass jetzt nicht Culanns Hund an deiner Stelle ist!" sagte Liban.

„Auch mir wärs recht, wär er an meiner Stelle", meinte Laeg.

Sie gingen weiter und befanden sich einer Insel gegenüber. Auf dem See vor ihnen fanden sie ein bronzenes Schiffchen. Sie stiegen hinein, fuhren nach der Insel und kamen zur Thür eines Hauses. Da sahen sie einen Mann auf sich zukommen; den fragte Liban:

> „Wo ist Labrid Schnell-Hand-am-Schwert,
> Das Haupt der Siegesschar?
> Ob seinem Wagen schwebt der Sieg,
> Speerspitzen färbt er rot!"

Darauf antwortete der Mann:

> „Wo Labrid ist, der Wogen Sohn?
> Schon sammelt sich die Schlacht!
> Sie zögert nicht; und Flucht bricht ein,
> Wenn Fidgas Feld sich füllt!"

Dann traten sie ins Haus und sahen dreimal fünfzig Pritschen drin, darauf dreimal fünfzig Frauen. Alle begrüssten Laeg und sprachen: „Wir heissen dich willkommen, Laeg, um derjenigen willen, mit der du gekommen bist, und nachdem du gekommen bist, um deiner selbst willen!"

„Was willst du jetzt thun, Laeg?" fragte Liban. „Willst du einstweilen zu Fann gehen und mit ihr sprechen?"

„Ja, ich will gehen, sobald ich weiss, wo sie ist."

„Sie weilt in einem Gemach abseits", sagte Liban. Sie gingen hin, und Fann begrüsste sie auf die gleiche Weise.

Fann war eine Tochter Aed-Abrats. Aed heisst „Feuer"; die Pupille ist das Feuer der Augen.*) Fann ist der Name der Thräne, die darüber rinnt. Wegen ihrer Reinheit war sie so genannt und wegen ihrer Lieblichkeit; denn es gab sonst nichts in der Welt, womit man sie hätte vergleichen können.

Indessen hörten sie das Gerassel von Labrids Wagen der Insel nahen.**) „Heut ist Labrid missgestimmt", sagte Liban. „Lass uns gehn und ihn anreden!" — Sie traten hinaus, und Liban begrüsste ihn:

> „Willkommen, Labrid Schnell-Hand-am-Schwert!
> Erbe vieler Ahnen, der Speere Schwingenden!
> Schilde zerschlägt er! Lanzen zerspellt er!
> Leiber verwundet er! Edle erlegt er!
> Männermord sucht er, schöner als Scharen!
> Heere vernichtet er, streuet Kleinodien!
> Eine stürmende Rotte! Willkommen, Labrid!"

Labrid antwortete nichts, und das Mädchen sang weiter:

> „Willkommen, Labrid Schnell-Hand-am-Schwert!
> Zur Gnade bereit! Für jeden ein Helfer!
> Nach Kampf begierig! Sein Leib voll Narben!
> Würdig sein Wort! Stark seine Kunst!
> Freundlich seine Herrschaft! Kühn seine Rechte!
> Rächend sein Zorn! Krieger schlägt er!
> Willkommen, Labrid!"

Da Labrid noch immer nichts geantwortet hatte, sang sie noch ein anderes Lied:

> „Willkommen, Labrid Schnell-Hand-am-Schwert!
> Tapferer als Männer! Stolzer als Meere!
> Zornige vernichtet er! Schlachten schlägt er!
> Männer durchbohrt er! Schwache erhebt er!
> Starke erniedrigt er! Willkommen, Labrid!"

---

*) „Abrat" ist der Genitiv von abra „Wimper"; Aed-Abrat bedeutet also eigentlich „Wimpernfeuer".

**) Die Wagen der Side fahren auch übers Wasser.

„Du sprichst nicht gut, Frau", erwiderte Labrid.

„Stolz heg ich keinen, noch Übermut,
Noch trübt mir des Hochsinns Trug den Verstand!
Die grimmige Speerschlacht steht uns bevor,
Wo Fäuste blutige Schwerter schwingen,
Mit Eochid Iuils vereinten Stämmen.
Stolz ist mir fern!"

„Sei gutes Muts", sagte Liban. „Laeg, der Wagenlenker
von Culanns Hund, ist hier. Er lässt dir entbieten, er werde
dir ein Heer zuführen."

Da begrüsste ihn Labrid und sprach: „Ich heisse dich willkommen, Laeg, um der Frau willen, mit der du gekommen bist,
und um dessen willen, der dich gesandt hat! — Geh jetzt heim,
Laeg, und Liban wird dir folgen."

Da kehrte Laeg zurück und gab Culanns Hund und allen
andern Bericht:

„Heiteres, edles Land erblickt ich,
Wo nicht Falsch noch Lüge herrscht,
Sah der Heere braunen König,
Labrid Schnell-die-Hand-am-Schwert.

Als das Luad-Feld ich durchkreuzte,
Zeigte sich mir der Siegesbaum.
Drauf im Hügel-Felde weilt ich
Beim zweiköpfigen Schlangenpaar.

Als wir jenen Ort erreichten,
Wandte Liban sich zu mir:
‚Lieb wär mir das Wunder, hätt' ich
Culanns Hund an deiner Statt!'

Schönheit — ein unblutiger Sieg —
Ward zu Teil Aed-Abrats Töchtern.
Fanns Gestalt — o Ruhmesglanz!
Fürst und Fürstin stehn ihr nach.

Wird dereinst, wie man mir sagt,
Adams Same sündlos sein:

Fanns Gestalt, wie ich sie sah,
Hat dort ihres Gleichen nicht.

Lichte Krieger auch erblickt' ich,
Die mit Waffen sich bekämpften.
Farbiges Gewand erblickt' ich —
Bauernkleider warens nicht!

Frauen sah ich beim Gelage,
Sah die vielen Mädchen auch.
Schmucke Bursche sah ich streifen
Durch das Waldgebirg zur Jagd.

Musikanten auch im Haus,
Um das Mädchen zu ergötzen;
Wär ich nicht so schnell enteilt,
Machten sie mich schwach und weich.

Wohl sah einst ich auch den Hügel,
Wo die schöne Ethne stand;
Doch das Weib, das ich dir nenne,
Raubt den Menschen den Verstand!" ...

Hier springt unsere Quelle von dieser Erzählung ab — schon
ob das letzte Gedicht ihr angehörte, ist zweifelhaft —; wir wissen
über ihren Ausgang nichts Bestimmtes. Natürlich war Culanns
Hund im Kampfe Sieger und genoss die Liebe Fanns. Die zweite
Erzählung, deren Schluss uns vorliegt, mag jener im Anfang sehr
ähnlich gewesen sein. Doch lassen sich einige Unterschiede erkennen:

1. Die Frau von Culanns Hund ist nicht Ethne Inguba, son-
dern, wie in den meisten Sagen dieser Zeit, Emer, die Tochter
Forgalls. Als Titel dieser Version ist bewahrt: „Emers einzige
Eifersucht".

2. Das erste Abenteuer mit den Side-Frauen scheint in einer
Einfriedigung stattgefunden zu haben, die er nachher wieder auf-
sucht (Seite 92). Ein kleines in den ersten Teil eingeschobenes
Fragment meldet, dass Culanns Hund, bevor er in den schlafähn-
lichen Zustand verfiel, befahl, ihn nicht in seine Burg Dun-Delca
(heute Dundalk in der Grafschaft Louth), auch nicht in die Imrith-
Burg zu seinen Pflegeeltern zu bringen, sondern nach Tete Brec,
einem Hause Conchobars zu Emin Macha. Dort spielt der Anfang

des Bruchstücks und zwar kurz vor dem folgenden Samuin, als sich Culanns Hund eben zu erholen beginnt.

3. Fann ist von ihrem Gatten Manannan nicht verlassen worden (wie oben Seite 85), sondern sie hat ihn verlassen, vermutlich aus Liebe zu Culanns Hund.

4. Der Wagenlenker Laeg scheint schon früher mit den Side in Berührung gekommen zu sein; Labrid erkennt ihn an einem Purpurmantel, der wohl ein Side-Geschenk ist.

. . . „Geh dahin, wo Emer weilt, Laeg!" sagte Culanns Hund, „und erzähl ihr, dass mich Side-Frauen besucht und siech gemacht haben. Sag ihr auch, dass es mir von Stunde zu Stunde besser geht. Sie soll kommen und mich besuchen."

Der Bursche ging zu Emer hin und berichtete ihr, wie es mit Culanns Hund stand. „Das ist schlecht von dir, Bursche", rief sie, „dass du, der du Zugang zum Sid hast, keine Art Heilung für deinen Herrn findest! Schande über die Ulter, dass sie ihn nicht zu retten suchen! Würde Conchobar verletzt oder verfiele Fergus in Schlaf oder hätte Conall Kernach Wunden, Culanns Hund würde helfen!" Und sie sang:

„Schäme dich, Sohn Riangabirs,
Der du oft das Sid besuchest,
Dass du Heilung nicht gebracht
Längst dem Sohne Dechtires!

Weh den Ultern, reich an Ehren,
Pflegesohn und Pflegevater,
Dass sie nicht die Welt durchstreifen,
Culanns Hund, den Freund, zu retten!

Läge Fergus tief im Schlaf,
Könnt' nur ein Druid ihn heilen,
Nimmer ruhte Culanns Hund,
Bis er den Druiden fände.

Oder läge Conall da,
Voll von Wunden und von Narben,
Streifte Hund durch Wald und Feld,
Bis er seinen Arzt ihm brächte.

Streckten stolze Kämpfe nieder
Den siegreichen Láegire,
Irlands Trift würd er durchsuchen,
Um zu heilen Connads Sohn.

Wärs der listenreiche Keltchar,
Der in Schlaf verfiel und Siechtum,
Tag und Nacht durch alle Side
Würde wandern Sétanta.

Läge Fúrbide der Führer
Auf dem langen Krankenlager,
Hund durchsuchte alle Länder,
Bis er seine Rettung fände.

Sid-Truims Scharen sind dahin!
Ihre Thaten sind vergangen!
Nicht mehr schlägt ihr Hund die Hunde,
Seit ihn Side-Schlaf befiel.

Weh! Wie packt mich herber Schmerz
Um den kranken Hund des Schmieds!
Herz und Haut mühn sich mir ab,
Ob von mir ihm Heilung komme.

Wehe! Bluten macht mein Herz
All die Not des Wagenfahrers,
Dass er zum Múrthemne-Feld
Nicht mehr kommt zur Zeit des Fests!

Darum hält ihn Emin fest,
Weil ihn die Gestalt versehrte.
Meine Stimm' ist schwach und tot,
Da es ihm so hässlich geht!

Monat, Vierteljahr und Jahr
Hat mich rechter Schlaf gemieden.
Menschenrede, helles Wort
Hört' ich nicht, Sohn Ríangabirs!"

Da machte sich Emer auf nach Emin zu Culanns Hund
und setzte sich auf die Pritsche, auf der er lag, und sprach zu

ihm: „Schäme dich, dich wegen Frauenliebe hinzulegen! Das lange Liegen mag dich wohl krank machen." — Und sie sang das Lied:

> „Steh auf vom Schlaf, du Ulterheld!
> Erwach gesund und froh!
> Sieh Machas König an, mein Herz!
> Dein Schlaf behagt ihm nicht.
>
> Sieh seine Schulter, rein wie Glas,
> Das Trinkhorn an voll Bier.
> Sieh, seine Wagen fahr'n durchs Thal,
> Ein Heldenschach ihr Lauf.
>
> Sieh seiner tapfern Krieger Kraft,
> Die Mädchen zart und fein.
> Sieh seine Fürsten — ein Schlachtensturm —
> Die Königinnen hehr.
>
> Sieh, schon beginnt die Winterszeit,
> Sieh ihre Wunder an!
> Es frommt dir wohl. O sieh! Wie kalt,
> Wie lang, wie farbenleer!
>
> Zu langer Schlaf bringt Weh, nicht Wohl;
> Die Trägheit nimmt die Kraft.
> Dem Satten nützt die Speise nicht.
> Schwachheit ist Schwester des Tods.
>
> Wirf ab den Schlaf, den der Trunkene liebt!
> Entflamme deine Glut!
> Viel Sanftberedte lieben dich.
> Steh auf, du Ulterheld!"

Da stand Culanns Hund auf, fuhr sich mit der Hand übers Gesicht und legte seine Schwäche und Schwere von sich. Dann machte er sich auf und ging seines Wegs, bis er zu der Einfriedigung kam, die er suchte. Dort sah er Liban auf sich zukommen. Und das Mädchen redete mit ihm und lud ihn nach dem Sid ein.*)

---

*) Man muss ergänzen, dass sie ihm einen ähnlichen Auftrag ausrichtet, wie in der ersten Erzählung, Seite 85. Der Kompilator hat hier gekürzt.

„Wo ist Labrid?" fragte Culanns Hund.
„Das kann ich dir sagen", antwortete sie.

„Labrid wohnt an klarer Flut,
Wo der Frauen Scharen wandeln.
Unermüdet kommst du hin,
Suchst du Labrid auf, den Schnellen.

Kühn seine Rechte! Hundert schlägt sie! —
Klug wär, wer es auserzählte! —
Purpurfarbe — schönste Farbe! —
Ist das Bild von Labrids Wangen.

Ihm erbebt des Kampfes Wolfshaupt
Vor dem dünnen, roten Schwert.
Waffen wilder Scharen bricht er,
Spaltet der Krieger Hülle, den Schild.

Wie das Auge glänzt die Haut ihm.
Nicht verraten ist sein Freund.
Würdigster der Sidemänner
Ist der Mann, der Tausend schlug.

In das Land von Eochid Iuil
Drang der Tapferste der Helden.
Goldgezweige gleicht sein Haar,
Weinduft schwebt ob seinem Atem.

Er, der Männer Herrlichster,
Stürmt im Kampf in weite Fernen.
Boot und Pferde fahren wett
Neben Labrids Insel hin.

Überm Meer vollbringt er Thaten,
Labrid Schnell-die-Hand-am-Schwert.
Feigen Hunden gleicht er nicht;
Vielen hütet er den Schlaf.

Eine Kette von rotem Gold
Dient als Zügel seiner Pferde.
Säulen, silbern und von Glas,
Stehn im Haus, in dem er wohnt."

„Auf Weibereinladung geh ich nicht hin", erwiderte Culanns Hund.

„So soll Laeg mitkommen und alles erkunden", sagte das Mädchen.

„Er mag gehen!"

Da brach Laeg auf mit dem Mädchen. Und sie kamen nach dem Luad-Feld und zum Siegesbaum und über den Festplatz von Emin nach dem Festplatz von Fidga. Dort wohnte Aed-Abrat mit seinen Töchtern. Fann begrüsste Laeg und fragte ihn: „Warum ist Culanns Hund nicht gekommen?"

„Es behagte ihm nicht, auf Weibereinladung zu kommen. Auch wollte er erst erkunden, ob wirklich du nach ihm geschickt habest."

„Ich bins gewesen. Er soll schnell zu uns kommen; denn heute wird die Schlacht geschlagen."

Da kehrte Laeg zu Culanns Hund zurück, und Liban begleitete ihn.

„Wie hast du's gefunden, Laeg?" fragte Culanns Hund.

Da antwortete Laeg: „Es ist hohe Zeit, dass du hingehst! Denn heute beginnt der Kampf." Und er sang das Lied:

> „Muntern Schritts kam ich zum Hügel —
> Wunderbar, obschon bekannt —,
> Wo, von dichten Schar'n umgeben,
> Labrid sass im langen Haar.
>
> Auf dem Hügel fand ich ihn
> Und umringt von tausend Waffen;
> Blond sein wallend Haar, und golden
> War die Kugel, die es festhielt.
>
> Er erkannte mich alsbald
> Am fünffachen Purpurmantel.
> Und er sprach: „Trittst du mit mir
> Dort ins Haus zu Faelbe Finn?"
>
> Zwei der Könige wohnen dort,
> Labrid neben Faelbe Finn;
> Dreimal fünfzig Mann um jeden,
> Alle fasst das eine Haus.

Fünfzig Betten hats zur Rechten,
Fünfzig finden Raum darauf.
Fünfzig Betten hats zur Linken,
Fünfzig Vordersitze dran.

Kupfern sind der Betten Pfosten,
Weiss die Säulen und vergoldet.
Und als Kerze leuchtet ihnen
Ein lichtheller Edelstein.

Draussen, westlich vor der Thür,
Da, wo sich die Sonne senkt,
Weiden Pferde, bunt von Mähne,
Fahle, andere purpurbraun.

Östlich stehn drei alte Bäume
Draussen, ganz aus Purpurglas;
Sanfter Vogelsang erschallt
Stets den Kindern der Königsburg.

Vor dem Hofe steht ein Baum:
Wohlklang tönt aus seinen Ästen,
Silbern steht er im Sonnenstrahl,
Hell wie Gold erglänzt sein Licht.

Dreimal zwanzig Bäume wiegen
Ihre Wipfel hin und her;
Jeder speist dreihundert Männer
Mit geschälter, reicher Frucht.

Eine Quelle birgt das Sid;
Bunte Mäntel, dreimal fünfzig;
Und die goldne Spange strahlt
Hell in jedes Mantels Ecke.

Und ein Fass mit wonnigem Meth
Wird den Männern ausgeschenkt;
Ewig bleibt es, unvergänglich,
Stets gefüllt bis an den Rand.

Doch ein Mädchen weilt im Haus,
Überstrahlend Irlands Frauen;

Tritt heraus im blonden Haar,
Wonnevoll und reich begabt.

Und die Worte, die sie spricht,
Klingen schön und wunderbar.
Jedem Menschen bricht das Herz,
Liebessehnen bringt ihn um!

Dieses schöne Mädchen sprach:
„Wer ist hier der fremde Bursche?
Bist du es, so tritt heran,
Bursche des Manns von Múrthemne!"

Langsam, langsam trat ich vor —
Angst ergriff mich ob der Ehre —,
Und sie fragte: „Kommt er her,
Dechtires berühmter Sohn?"

Schade, dass nicht längst er ging,
Da doch alle nach ihm fragen!
Sehen würd er, wie er ist,
Den Palast, den ich erblickt.

Wär ganz Irland mein Besitz
Und das Reich der gelben Hügel,
Ich gäbs hin — ich prahle nicht —
Dürft ich weilen, wo ich war!"

Da ging Culanns Hund mit Liban in ihr Land und nahm seinen Wagen mit. Als sie die Insel erreichten, begrüsste sie Labrid und die ganze Frauenschar. Besonders aber Fann hiess ihn willkommen.

„Was soll jetzt geschehen?" fragte Culanns Hund.

„Das will ich dir sagen", erwiderte Labrid. „Wir wollen hingehn und einen Rundgang um das Heer machen."

So gingen sie hinaus zu den Scharen der Feinde und liessen ihr Auge über sie hinstreifen; die Menge kam ihnen endlos vor. „Geh jetzt nur", sagte Culanns Hund zu Labrid. Da verliess ihn dieser, und er blieb in der Nähe des Heeres zurück. Es verrieten ihn aber die zwei Zauberraben, die die Feinde geschaffen hatten. „Es wird wohl der Wutverzerrte aus Irland sein", sprachen die Männer. „Das verkünden die Raben." — Und sie machten Jagd auf ihn, dass dort nirgends seines Bleibens war.

Früh am Morgen ging Eochid Iuil zur Quelle, um sich die Hände zu waschen. Culanns Hund sah seine Schulter durch die Kapuze schimmern; er schleuderte seinen Speer nach ihm und durchbohrte ihn. Dann erschlug er allein dreiunddreissig von den Feinden. Nun stürmte Senach Siaborthe auf ihn ein; und sie kämpften heftig, aber schliesslich erlegte ihn Culanns Hund. Jetzt zog auch Labrid heran, und die Feinde wandten sich zur Flucht.

Da bat Labrid Culanns Hund, mit dem Morden einzuhalten. Aber Laeg sagte: „Ich fürchte, der Mann wird seinen Zorn an uns auslassen, weil er am Kampf noch nicht Genüge gefunden hat. Geht und richtet drei Fässer mit kaltem Wasser, um seine Glut zu kühlen. Das erste Fass, in das er steigt, siedet über; das zweite — dessen Hitze kann noch niemand aushalten; das dritte erst wird mässig warm."

Als die Frauen dann Culanns Hund erblickten, sang Fann:

> „Herrlich kommt der Held die Strasse,
> Ist er bartlos auch und jung!
> Schön und ruhmvoll ist die Fahrt
> Abends über Fidgas Festplatz!
>
> Feenmusik singt nicht das Segel
> Blutgefärbt ob seinem Wagen,*)
> In den sausenden Gesang
> Stimmen ein des Wagens Räder.
>
> Seine Rosse vor dem Wagen —
> Lass mich kurz sie überschaun —
> Ihresgleichen fand ich nie!
> Schneller als der Frühlingswind!
>
> Fünfzig goldne Kugeln schweben
> Über seinem Atem hin.
> Ihm vergleich ich keinen König,
> Sei er zierlich oder grob.

---

*) Gemeint scheint die Decke über dem Wagen.

Und auf jeder seiner Wangen
Roter Schimmer gleich wie Blut,
Grüner Schimmer, blauer Schimmer,
Purpurschimmer, leicht gefärbt.

Siebenfach sein Augenlicht*). —
Leicht zu blenden ist er nicht!
Und das edle Aug umrahmen
Wimpernbogen schwarz wie Pech.

Auf dem Haupt des Trefflichen,
Den man preist an Irlands Grenzen,
Haar von drei verschiednen Farben.
Jung und bartlos ist der Bursch.

Rot sein Schwert vom Aderlass
Mit dem Heft von weissem Silber.
Goldne Buckeln hat sein Schild
Und den Rand von Silberbronze.

Über Männer schreitet er,
Wenn er Kampf und Schlacht durchwandelt.
Eurer Krieger Schar hat keinen,
Der dem Hunde Culanns gleicht!

Seht, der Jüngling kommt daher,
Culanns Hund aus Múrthemne!
Weit entgegen ziehn wir ihm,
Die Aed-Abrats Töchter heissen.

Langsam tropft das rote Blut
Längs der Seite seiner Schäfte.
Laut erschallt sein stolzer Siegsruf
Bei des Feindes Wehgeschrei!«

Dann begrüsste ihn Liban mit den Worten:

„Willkommen ist er, der Hund Culanns!
Der verfolgende Eber! Der grosse Fürst vom Múrthemne-
Feld!
Erhaben sein Sinn! Der Stolz schlachtsiegender Helden!

---

*) Weil Culanns Hund mehrere Pupillen im Auge hatte; s. oben Seite 42.

Das Kriegerherz! Der Weisheit Kraftstein! Des Zorns
Blutröte!
Immer bereit wider die Feinde der Ulterkämpen!
Schön strahlt er den Frau'n, wie Augenglanz!
Er ist willkommen!

Nun teilte Culanns Hund das Lager mit Fann und blieb
einen Monat bei ihr. Am Ende des Monats nahm er Abschied.
Und sie sagte zu ihm: „Wohin du mich bestellen wirst, dich
zu treffen, dahin komm ich."

Culanns Hund und Fann hatten eine Zusammenkunft bei
der Eibe von Kenn-Trachta. Das wurde Emer angezeigt. Da
rüstete sie Messer, um das Mädchen zu ermorden, und ging,
von fünfzig Frauen begleitet, nach dem Ort des Stelldicheins.
Culanns Hund und Laeg sassen eben beim Schachspiel und
achteten das Nahen der Frauen nicht. Fann aber bemerkte sie
und sagte zu Laeg: „Schau doch, Laeg, was ich sehe!" — „Was
ist's?" fragte Laeg und blickte auf. Da sprach das Mädchen:

> „Schau rückwärts, Laeg!
> Schöne, kluge Frauen belauschen dich
> Mit grün-scharfen Messern in den rechten Händen
> Und Gold auf den Brüsten.
> Schönheit wird man sehen gleich wilden Kriegern
> Über Schlachtwagen stürmen.
> Klar ist's, Emer, Forgalls Tochter,
> Hat ihre Natur gewandelt."

Aber Culanns Hund sagte:

> „Fürchte dich nicht! Sie soll uns nicht nahen.
> In den mächtigen Wagen mit sonnigem Sitz
> Steige hinein, hier vor mein Antlitz!
> Denn ich würde dich retten vor allen Frauen
> An Ulsters vier Enden.
> Mag Forgalls Tochter in der Freundinnen Mitte
> Kühner That sich unterfangen,
> Sie wagt sie wohl nicht, bist du bei mir!"

7*

Und zu Emer sprach er:

> „Ich weiche dir aus, Frau,
> Wie jeder vorm Freunde weicht.
> Nicht tret ich entgegen
> Dem harten Speer deiner zitternden Hand,
> Deinem dünnen Messer,
> Deinem Zorn, der dem Zorn des Erliegenden gleicht.
> Gar schwierig dünkts mich,
> Wollt' eine Frau die Kraft mir rauben!"

„So sag mir, Hund Culanns", erwiderte Emer,
> „Was bewog dich, mich zu entehren
> Vor den vielen Frauen des Fünftels,
> Vor den vielen Frauen Irlands,
> Vor allen Leuten von Ehre?
> Heimlich naht ich mich,
> Deiner Freundschaft voll vertrauend.
> Denn so kampfesstolz du bist,
> Gewinn wärs dir nicht, mich zu verlassen,
> Auch wenn du's versuchtest."

„Sag mir, Emer", sprach Culanns Hund,
> „Warum willst du mir nicht meine kurze Frist
> Bei dem Weibe lassen? Denn, siehe:
> Lauter, rein, zart gesprosst,
> Eines prangenden Königs wert,
> Kommt das Mädchen vom Meere
> Über die weiten Wogen her;
> Hat edle Gestalt und Haltung und Herkunft,
> Geschickt in Sticken und Handarbeit,
> Verständig, klug und gewissenhaft,
> Hat Reichtum an Pferden und Rindern.
> Unterm Himmel ist nichts, das sie nicht thäte,
> Wünscht' es der Freund,
> Und müsste sie's hart erkaufen.
> Und, Emer, niemals findest du
> Den Helden schön und narbenreich,
> Den Sieger der Schlacht,
> Der mir an Wert sich vergliche!"

„Das Weib, dem du anhängst", erwiderte Emer, „ist wohl nicht besser als ich. Aber freilich, alles Rote ist schön, alles Neue ist weiss, alles Hohe ist erhaben, alles Gewohnte ist bitter, alles Fehlende ist herrlich, alles Bekannte lässt man liegen: da hast du die ganze Weisheit! O Jüngling, einst lebten wir in Ehren zusammen und könntens wieder thun, wenn es dir gefiele." — Und sie versank in Traurigkeit.

„Bei meinem Wort", rief er, „du bist mir lieb und wirst mir lieb sein, so lang du lebst!"

„Also verlässt du mich?" fragte Fann.

„Richtiger ist's, er verlässt mich", sagte Emer.

„Nein", erwiderte Fann, „mich wird er verlassen, und doch hab ich von weit her den gefährlichen Gang gethan!" — Und sie begann zu trauern und zu klagen. Denn sie schämte sich, verlassen zu werden und so bald heimzukehren; auch peinigte sie die heftige Liebe, die sie zu Culanns Hund fühlte. Und klagend sang sie:

> „Ich muss jetzt auf Wanderung ziehn,
> Wo's mir doch so wohl behagte:
> Mag ein andrer Ruhm erjagen,
> Lieber weilt ich ruhig hier.
>
> Lieber wärs mir, hier zu rasten
> Ohne Streit an deiner Seite
> Als — dich wunderts? — heimzukehren
> In Aed-Abrats Kämmerlein.
>
> Emer, sieh, du hast den Mann;
> Mir entfloh er, edle Frau!
> Kann die Hand ihn nicht erreichen,
> Muss ihn doch mein Herz ersehnen.
>
> Mancher Mann hat mich umworben
> Unter Dach, in freier Wildnis:
> Niemals liess ich mich bestellen,
> Ich war treu und hielt mein Wort.
>
> Weh der Frau, die ihre Liebe
> Dem schenkt, der sie nicht beachtet!

Besser ist's, sie zieht von dannen,
Liebt er sie nicht, wie sie ihn.

Fünfzig Frauen brachtest du,
Emer mit dem blonden Haar,
Fann zu stürzen, — pfui der That! —
Sie zu quälen, sie zu morden.

Dreimal fünfzig hab ich dort,
Schöne, unbemannte Frau'n,
In der Burg vereint; sie würden
Nimmer mich im Stiche lassen!" —

Nun erfuhr aber Manannan, dass Fann, Aed-Abrats Tochter,
sich in ungleichem Kampf mit den Ulterfrauen befinde, und
dass Culanns Hund im Begriff stehe, sie zu verlassen. Da kam
er aus dem Osten und suchte das Mädchen auf; und er zeigte sich
ihm, ohne dass es jemand bemerkte. Als Fann ihn erblickte,
wurde sie sehr betrübt und sang:

„Seht den kühnen Sohn des Ler
Aus den Ländern Eogan Inbirs,
Manannan! Einst war die Zeit,
Da er lieb und wert mir war.

Heute, ich verkünd es laut,
Liebt ihn nicht mein stolzer Sinn.
Das ist ja der Liebe Lauf:
Unbewacht geht sie den Gang.

Als der Sohn des Ler und ich
In der Inber-Burg noch weilten,
Glaubten wir von Tag zu Tag,
Niemals würden wir uns trennen.

Da mich Manannan gefreit,
Ward ich seine traute Gattin.
Noch hab ich den goldnen Faustring,
Den als Brautgeschenk er gab.

Ueber die Heide geleiteten mich
Fünfzig Mädchen, buntgekleidet;

Fünfzig Männer führt' ich ihm
Ausser fünfzig Frauen zu.

Viermal fünfzig — ohne Trug! —
Hatten wir als Hausgenossen,
Zweimal fünfzig frohe Männer,
Zweimal fünfzig schöne Fraun.

Uebers Meer seh ich ihn nahn —
Unsichtbar bleibt er den Thoren —
Reitend durch die mähnige See;
Lange Schiffe braucht er nicht.

Wie an uns vorbei du ziehst,
Nur ein Side kann das sehen.
Du erkennst doch jede Schaar,
Sei sie dir auch noch so fern.

Aber mir wars so bestimmt —
Thöricht ist ja Weibersinn —
Der, den ich so heiss geliebt,
Hat mich hier in Noth gebracht.

Leb denn wohl, du schöner Hund!
Fort von dir scheid ich in Ehren.
Find ich das nicht, was ich wollte,
Bleibt mir doch das Recht der Flucht.

Zeit wirds nun, von hier zu scheiden —
Jemand giebts, dem fällt es schwer! —
Allzu hart ward ich beleidigt.
Laeg, Sohn Ríangabirs, leb wohl!

Ich geh hin zu meinem Gatten,
Der mich niemals kränken wird.
Sagt nicht, ich geh heimlich fort;
Wenn ihr wollt, so schaut nur her!"

Damit ging das Mädchen Manannan nach. Der begrüsste
sie und sagte: „Wohlan, Mädchen! Willst du jetzt auf Culanns
Hund warten, oder kommst du mit mir?"

„Bei meinem Wort!" antwortete sie. „Den einen von

euch hätt' ich lieber zum Gatten als den andern. Aber ich will
mit dir gehen und nicht auf Culanns Hund warten; denn er
hat mich verlassen. Und noch eins, Edler: dir fehlt eine würdige
Fürstin, Culanns Hund nicht."

Wie aber Culanns Hund das Mädchen fortgehen sah zu
Manannan, fragte er Laeg: „Was soll das heissen?"

„Ei nun", sagte Laeg, „Fann geht mit Manannan Lers
Sohn davon, weil sie dir nicht gefallen hat."

Da that Culanns Hund drei Sprünge in die Höhe und drei
Sprünge südwärts nach Luachra und lebte lange Zeit ohne
Trank und Speise auf dem Gebirge, und jede Nacht pflegte er
auf der Strasse von Mittel-Luachra zu schlafen.*)

Emer aber ging nach Emin zu Conchobar und berichtete
ihm, wie es mit Culanns Hund stehe. Da sandte Conchobar
die Fili und die Männer der Kunst und die Druiden von Ulster
nach ihm aus, sie sollten ihn festnehmen und nach Emin bringen.
Culanns Hund suchte zwar die Männer der Kunst zu töten;
aber sie sangen ihm Zaubersprüche entgegen und hielten seine
Füsse und Hände fest, bis ihm die Besinnung wiederzukehren
begann. Da bat er sie um einen Trunk. Die Druiden gaben
ihm einen Vergessenheitstrank; wie er den getrunken hatte, er-
innerte er sich nicht mehr an Fann noch an alles, was er gethan hatte. Auch Emer gab man Vergessenheitstränke; denn
ihr Zustand war nicht besser. Und Manannan schüttelte seinen
Mantel zwischen Culanns Hund und Fann, auf dass sie nie
mehr zusammentreffen könnten. —

---

*) Das Gebirg Sliabh-Luachra, das Culanns Hund in seinem Wahnsinn in
drei Riesensprüngen erreicht, trennt die Grafschaften Limerick und Kerry in Munster.

11. Ronans Sohnesmord.

Haben die bisherigen Erzählungen gezeigt, welch reichen Stoff die einheimische Sage den irischen Erzählern und Dichtern bot, so führt uns das folgende Beispiel vor Augen, wie sie auch fremde Motive zu verarbeiten wussten. Es ist die uralte Geschichte von der unerwiderten Liebe der Stiefmutter zum Stiefsohn, die in der Sage von Phaidra und Hippolytos ihre klassische Gestalt gefunden hat. Dass eben diese klassische Sage irgendwie als Quelle unseres Erzählers anzusehen ist, geht wohl aus der Rolle hervor, die bei dem Stiefsohn auch hier die Jagd spielt; sein Vater nennt ihn geradezu „Mael-Fothartig, dessen Aufenthalt der hohe Wald war." Sonst freilich hat er mit Dianens keuschem Freund wenig Ähnlichkeit; es sind lauter echt irische Gestalten.

Historische Romane, wenn ich sie so nennen darf, verlegten irische Erzähler gern in die Zeit des sechsten und siebenten Jahrhunderts, eine Periode, von der man in den Annalen spärliche Kunde besass, ohne dass doch das volle Licht der Geschichte auf sie fiel. König Ronan von Leinster, der in unserer Erzählung in der Burg von Nas (heute Naas in der Grafschaft Kildare) residiert, starb nach den Annalen um 610 n. Chr. an einem Blutsturz. Sein zweiter Schwiegervater, Eochid, wohnt in der Sobirche-Burg, heute Dunseverick Castle an der Nordküste von Ulster (Grafschaft Antrim), etwas östlich von Bengore Head. Spätere Historiker haben ihn mit einem König Eochid Iarlaithe identifiziert, dessen Tod um 665 gemeldet wird; der Erzähler hätte sich also in der Zeit bedeutend vergriffen. Doch war nach Tigernachs Annalen dieser Eochid König der Cruithni oder irischen Pikten in Mide, so dass er mit dem Eochid unserer Geschichte nichts als den — sehr häufigen — Namen gemein hat. Ob dieser auch eine historische Person oder nur eine Erfindung des Verfassers ist, kann dahingestellt bleiben.*)

---

*) Der irische Text im Facsimile des Book of Leinster, Seite 271a, und bei Kuno Meyer, Revue Celtique XIII 368; hier ist eine englische Uebersetzung beigegeben.

Ein berühmter König herrschte über Leinster, Ronan Aeds Sohn. Und Ethne, die Tochter Cummascachs des Sohnes Eogans, von den Desi in Munster war seine Frau. Sie gebar ihm einen Sohn, Mael-Fothartig Ronans Sohn. Dieser war der herrlichste Knabe, den es je bei den Lagnern gegeben hat. Um ihn vereint pflegten sie Zusammenkünfte und Heerlager, Spiele und Versammlungen, Kämpfe und Wettschiessen abzuhalten. Er war der Schwarm der Mädchen und der Liebling aller jungen Frauen.

Seine Mutter starb. Lange Zeit lebte Ronan ohne Frau.

„Warum nimmst du dir keine Frau?" fragte ihn sein Sohn. „Es wäre dir besser, eine Frau zu haben."

„Man erzählt mir, Eochid, der König der Sobirche-Burg im Norden, habe eine hübsche Tochter", sagte Ronan.

„Du bist kein Mann für ein junges Mädchen", erwiderte der Jüngling. „Warum willst du nicht eine gesetzte Frau nehmen? Die stände dir besser an als so ein Springinsfeld von einem Mädchen".

Es war aber unmöglich, ihn abzuhalten. Er ging nach dem Norden und teilte das Lager mit ihr; dann führte er sie heim. Mael-Fothartig hatte sich auf einen Rundgang in Süd-Leinster begeben, als sie aus dem Norden ankam.

„Wo ist dein Sohn, Ronan?" fragte sie. „Man erzählt mir, du habest einen trefflichen Sohn."

„Das hab ich in der That", erwiderte Ronan, „den besten Sohn in Leinster."

„Lass ihn zu mir berufen, dass er mich empfange, wie auch mein Gefolge und meine Besitztümer und Schätze."

„Gewiss wird er kommen", sagte Ronan.

Darauf kehrte Mael-Fothartig zurück und begrüsste sie herzlich. „Ich werde dich lieb haben", sagte der Jüngling. „Alle Schätze und Kostbarkeiten, die ich gewinne, sollst du bekommen für deine Liebe zu Ronan."

„Das freut mich, dass du mir zu Willen sein willst!" erwiderte sie.

Eine hübsche junge Frau diente ihr. Die sandte sie alsbald zu Mael-Fothartig, ihm Anträge zu machen. Aber die Frau wagte nicht zu sprechen aus Angst, er werde sie töten.

Da drohte sie, ihr den Kopf abzuschlagen, wenn sie nicht spreche.

Einst spielte Mael-Fothartig Schach mit seinen zwei Milchbrüdern, Donn und Congal, den Söhnen seines Pflegevaters. Die pflegten immer um ihn zu sein. Die junge Frau trat zu ihnen und spielte mit ihnen Schach. Mehrmals versuchte sie zu sprechen; aber sie wagte es nicht und wurde rot. Das bemerkten die beiden Männer. Als Mael-Fothartig hinaus ging, fragte daher Congal die Frau: „Was möchtest du sagen?"

„Ich nichts", erwiderte sie; „aber Eochids Tochter möchte Mael-Fothartig zum Geliebten haben."

„Sprich nicht, Weib!" sagte Congal. „Du bist des Todes, wenn Mael-Fothartig dich hört. Aber deine eigne Sache werd ich bei ihm führen, wenn du das willst."

Das berichtete die junge Frau der Königin. „Mir ists recht", sagte diese. „Denn wenn du mit ihm zusammen bist, wirst du zu sprechen wagen; und dann sei mein Sachwalter bei ihm!"

So geschah es. Die junge Frau teilte mit Mael-Fothartig das Lager. —

„Schön!" sagte die Königin. „Jetzt willst du doch nicht mein Sachwalter sein! Du hast eben den Mann lieber für dich allein. Also lass ich dich umbringen!"

Da sah eines Tags die Frau Mael-Fothartig weinend an. „Was hast du, Frau?" fragte er. — „Eochids Tochter droht mich umzubringen, weil ich nicht ihre Sache bei dir vertrete, so dass sie sich mit dir treffen kann." — „Wahrscheinlich!" rief er. „Es gereicht dir nicht zum Schaden, dass du dich unter Bürgschaft gestellt hast! Und wenn man mich dreimal in eine feurige Kohlengrube steckte, dass ich zu Staub und Asche verbrennte, nie würd ich mit Ronans Frau zusammenkommen, auch wenn alle mich darum tadelten. — Aber ich will ihr aus dem Wege gehen."

Er fuhr mit fünfzig Kriegern nach Schottland und fand beim König von Schottland herzlichen Empfang. Der besass besondere Jagdhunde für Hasen, für Schweine und für Hirsche. Aber Mael-Fothartigs zwei Hunde, Doilin und Dathlenn, erlegten jedes Jagdwild vor ihnen. Und alle Kämpfe und Schlachten, in denen der König von Schottland Sieger war, gewann ihm Mael-Fothartig.

„Wie, Ronan?" sagten die Lagner. „Hast du Mael-Fothartig ausser Landes geschickt? Wir bringen dich um, wenn er
nicht zurückkommt!" — Als das Mael-Fothartig gemeldet wurde,
kehrte er aus dem Osten zurück.

Er nahm seinen Weg über die Sobirche-Burg. Man begrüsste ihn herzlich. „Es ist nicht recht von dir, Mael-Fothartig, dass du dich nicht zu unserer Tochter gesellst. Dir haben
wir sie bestimmt, nicht dem alten Kerl dort." — „Das ist aber
Unrecht!" sagte Mael-Fothartig.

Er kam zu den Lagnern und wurde von ihnen herzlich
empfangen. Die gleiche junge Frau teilte wieder das Lager
mit ihm.

„Verschaff mir den Mann!" befahl Eochids Tochter ihrer
Gefährtin. „Oder Tod über dein Antlitz!"

Diese zeigte es Mael-Fothartig an.

„Was kann ich dagegen thun, Congal?" fragte er.

„Wenn du's mir lohnst, so will ich dir das Weib fern-
halten, dass sie gar nicht mehr an dich denken soll", erwiderte
Congal.

„Ich gebe dir mein Pferd mit seinem Zaum und mein
Kleid."

„Ich nehme nichts als die zwei Hunde, dass sie ausschliess-
lich mir gehören."

„Du sollst sie haben", sagte Mael-Fothartig.

„So geh morgen und jage bei den Kühen des Abhangs",
sagte Connal. (Die Kühe des Abhangs sind Steine an der Seite
des Berges. Sie stehen an einem Abhang und gleichen von
weitem weissen Kühen.) „Geh dahin zur Hetzjagd. Und die
junge Frau soll die andere zu uns hinbestellen; dann werd ich
dich von ihr befreien." —

„Ich werde mich einfinden", sagte die Königin zu ihrer
Gefährtin. Sie konnte kaum den Morgen erwarten. Als sie am
andern Tag zum Stelldichein kamen, trat ihnen Congal entgegen.

„Wohin, du Dirne?" fragte er. „Es ist nicht gut für dich,
allein umherzustreifen, es sei denn, du willst dich mit einem
Manne treffen! Pack dich nach Haus und nimm meinen Fluch
mit dir!" — Und er begleitete sie bis an ihr Haus zurück.

Noch einmal sahen sie sie auf sich zukommen. „So?"
rief Congal. „Du willst den König von Leinster schamrot
machen, schlechtes Weib? Wenn ich dich noch einmal sehe,

schlag ich dir den Kopf ab und bringe ihn auf einem Pfahl vor
Ronan. Schamrot macht ihn das schlechte Weib, das zum Stelldichein in Gräben und Hecken geht!" Und er drohte ihr mit
dem Pferdestachel, bis er sie wieder im Hause hatte. — „Ich
werde dir schon noch einen Schluck Blut in den Mund bringen!"
sagte sie.

Ronan kam nach Haus. Mael-Fothartigs Begleiter kehrten
vor diesem heim; er war allein draussen auf der Jagd geblieben.

„Congal, wo ist Mael-Fothartig heut Abend?" fragte Ronan.

„Er ist draussen", antwortete Congal.

„Pfui, dass man meinen Sohn draussen allein lässt, da er
doch so vielen Gutes thut!"

„Du machst uns taub mit deinem Gerede über deinen
Sohn", sagte Eochids Tochter.

„Wohl ziemt sichs von ihm zu reden", erwiderte Ronan.
„Denn es giebt keinen Sohn in Irland, der mehr nach dem
Wunsch seines Vaters wäre. Mir zu Liebe bekümmert er sich
um Mann und um Weib an der Hürden-Furt wie in Clar-Daire-
Moir und bei Carpres Brücke, gleich als wäre es seine eigene
Seele, damit ich und du, Frau, in Friede und Freude leben."

„Nun, die Freude, die er gern an mir erlebte", sagte sie,
„findet er freilich nicht, nämlich die, an deiner Stelle mein
Lager zu teilen. Länger werd ich ihm nicht mehr widerstehen
können. Seit heut früh hat mich Congal dreimal zu ihm hin-
geführt, und nur mit Not entrann ich seinen Händen!"

„Fluch über deinen Mund, schlechtes Weib!" rief Ronan.
„Du lügst!"

„Du sollst gleich ein Zeichen sehen. Ich werde eine Halbstrophe singen; pass auf, ob es die richtige Ergänzung zu der
ist, die er singt." (Das hatte aber Mael-Fothartig früher alle
Abende mit ihr geübt, um ihr gefällig zu sein; er pflegte eine
Halbstrophe zu singen und sie die andere Hälfte zu ergänzen).

Mael-Fothartig kehrte von draussen heim und stand am
Feuer, seine Unterschenkel trocknend. Congal sass in seiner Nähe.
Sein Narr, Mac Glass, machte Kunststücke mitten im Haus.

Da es ein kalter Tag war, sang Mael-Fothartig:

>„Kalter Wirbelwind umwütet
>Den, der Kühe des Abhangs hütet."

„Jetzt höre zu, Ronan!" sagte sie. — „Sing das noch einmal!"

> „Kalter Wirbelwind umwütet
> Den, der Kühe des Abhangs hütet."

Sie ergänzte:

> „Und das Hüten ist dem vergällt,
> Dem sowohl Kuh als Liebchen fehlt."

„Es ist wirklich wahr!" rief Ronan*). Zu seiner Seite sass ein starker Krieger, Aedan, der Sohn Fiachna Laras. „Aedan", befahl Ronan, „mit dem Speer auf Mael-Fothartig! Und gieb auch Congal etwas ab!"

Indem Mael-Fothartig am Feuer den Rücken gegen sie kehrte, pflanzte ihm Aedan den Speer in den Leib, dass die Spitze durch ihn hindurchdrang und er zum Sitzen zusammenbrach. Und als Congal sich erhob, stiess ihm Aedan den Speer durchs Herz. Der Narr sprang hinaus; Aedan schleuderte ihm den Speer nach, dass er ihm die Eingeweide herausriss.

„Du machst dir Bewegung genug mit den Männern, Aedan!" sagte Mael-Fothartig, da er so dasass.

„Das habt ihr wirklich schön gemacht", schalt Ronan, „dass du kein anderes Weib für deine Buhlerei gefunden hast als meine Frau!"

„Du bist elend betrogen, Ronan", erwiderte der Jüngling, „dass du deinen einzigen Sohn ohne Schuld hinmordest. Bei deiner Würde und bei dem Stelldichein, zu dem ich nun gehe, beim Stelldichein mit dem Tod, — meine Schuld, an Buhlerei mit ihr gedacht zu haben, ist nicht grösser als die, dass ich mit meiner leiblichen Mutter gebuhlt hätte! Vielmehr, seit sie in dieses Land gekommen ist, macht sie mir Anträge; und heute musste sie Congal dreimal zurückjagen, dass sie nicht bis zu mir gelangte. Congal stirbt unschuldig!"

Ein Rabe trug Eingeweide vom Narren auf die Schlossbrücke, und jedesmal verzog dieser den Mund, so dass das gemeine Volk lachte. Mael-Fothartig schämte sich und sagte:

---

*) Der König glaubt, seine Frau wiederhole nur eine Strophe, die sie vorher von Mael-Fothartig gehört habe.

„Mac Glass,
Halt zurück dein Eingeweide!
Kennst du auch kein Schamgefühl,
Mach dem Gesindel keine Freude."

Dann starben alle drei und wurden in ein besonderes Haus gebracht. Ronan aber ging hin und lag drei Tage und drei Nächte unter dem Haupte seines Sohns.

Donn, der Milchbruder Mael-Fothartigs und Bruder Congals, zog nun mit zwanzig Reitern nach der Sobirche-Burg und beredete Eochid, er solle Mael-Fothartig bis zur Landesgrenze entgegen kommen; der sei mit seiner Tochter auf der Flucht. Dann hieben sie Eochid den Kopf ab und ebenso seinem Sohn und seiner Frau.

Und Ronan, unter dem Haupte seines Sohns, sprach:

„Kalter Wirbelwind umwütet
Den, der Kühe des Abhangs hütet,
Und das Hüten ist dem vergällt,
Dem sowohl Kuh als Liebchen fehlt.

Kalt geht der Wind
Draussen vor dem Haus der Krieger.
Teure Krieger! Denn sie standen
Treulich zwischen dem Wind und mir.

Schlafe, Tocher Eochids!
Grimmig ist des Windes Schärfe.
Weh, dass man Mael-Fóthartig
Mordete um ein tolles Weib!

Schlafe, Tochter Eochids!
Freude bringt mir nicht dein Wachen,
Seh ich doch Mael-Fóthartig
In dem Hemde rot von Blut!"

Eochids Tochter: „Armer Toter dort im Winkel,
Weh! — den vieler Augen suchten,
All zu sehr hat seit der Rückkehr
Meine Sünde dich geplagt!"

Ronan: „Schlafe, Tochter Eochids!
      Thoren sind die Menschen nicht!
      Netzen Thränen deine Decke,
      Meinen Sohn beweinst du nicht!"

Da trat Donn herein und warf ihr den Kopf ihres Vaters
auf die Brust und die Köpfe ihrer Mutter und ihres Bruders.
Sie aber stand auf und stürzte sich in ihr Messer, dass es aus
dem Rücken hervorragte.

Und Ronan sprach:

      „Eochid blieb ein einziges Hemd,
      Nun er trägt der Schwachheit Kleid.
      Herrscht in der Nas-Burg schweres Leid,
      Herrschts auch in Dun-Sóbirche.

      So gebt doch Speise, gebt doch Trank
      Dem Hunde von Mael-Fóthartig!*)
      Ein anderer bringe ungesäumt
      Für Congals Hund die Speise her!

      So gebt doch Speise, gebt doch Trank
      Dem Hunde von Mael-Fóthartig!
      Sein Herr gab jedem Speise stets,
      Um welchen Preis er sie erkauft.

      Mich kümmert Dathlenns Abzehrung!
      Seine Rippen scheinen durch die Haut.
      Nichts Tadelnswertes that er uns;
      Er hat die Lieben nicht verkauft!

      Der kleine Doilin!
      Bei mir soll er in Diensten stehn.
      Er steckt den Kopf unter Jedes Decke
      Und findet doch nicht, den er sucht.

      Männer, Jünglinge und Pferde,
      Die Mael-Fóthartig umgaben,
      Keinem neideten sie die Speise,
      Als ihr Herr am Leben war.

---

*) Nach diesem Gedicht hätte Mael-Fothartig seinem Milchbruder Congal nur
den einen Hund, Doilin, geschenkt.

Männer, Jünglinge und Pferde,
Die Mael-Fóthartig umgaben,
Ungebändigt stürmten sie
Her vom Feld im Pferdewettlauf.

Männer, Jünglinge und Pferde,
Die Mael-Fóthartig umgaben,
Häufig liessen sie erschallen
Nach dem Sieg den Jubelruf.

War'n Mael-Fóthartigs Genossen
Würdig zwar — ich leugn' es nicht —,
Gut beschützten sie den nicht,
Der aus jeder Not sie löste.

Er, mein Sohn, Mael-Fóthartig,
Der im hohen Walde weilte, —
Stiegen Prinzen ab und Könige,
Wohl verpflegt war'n sie bei ihm.

Er, mein Sohn, Mael-Fóthartig,
Fuhr durchs küstenreiche Schottland,
War ein Krieger unter Kriegern,
Siegreich überwand er sie.

Er, mein Sohn, Mael-Fóthartig,
Der ein Hort der Heere war,
Er, der schöne, goldne Dorn,
Ging zur kalten Wohnung ein!" —

Dann versammelten sich die Lagner um Ronan, indem sie
die Totenklage hielten. Man warf ihn rücklings nieder, und
Aedan wurde verfolgt. Die zwei Knaben Mael-Fóthartigs, Aed
und Mael-Tuile, holten ihn ein. Aed traf ihn mit dem Speer
und durchlöcherte ihn wie ein Sieb.

„Lasst mich auf, ihr Männer", bat Ronan, „wenn ihr mich
nicht töten wollt. Ist der Mann tot?"

„Er ist tot", antworteten sie.

„Wer hat ihn getötet?" fragte er.

„Aed hat es gethan."

„Hat ihn Mael-Tuile auch getroffen?"

„Nein."

„So soll er keinen Menschen verwunden können ewiglich!"
sagte Ronan.   „Der Sieg in Tapferkeit und Waffenkunst fällt
dem Knaben zu, der ihn erlegt hat".   Und er sprach:

> „Das heisst etwas,
> Schlägt Bauernsohn den Königssohn!
> Klar ward das am Todestag
> Aedan, Fiachna Laras Sohn."

Als sich aber der Kampf bis zu ihm vors Haus zog,
sprach er:

> „Muss dem Kampf entgegensehen,
> Da Mael-Fóthartig fehlt im Haus;
> Neuem Kampf entgegengehen
> Hält der alte Greis nicht aus!"

Damit brach ein Schwall Blut aus seinem Mund, und er
starb alsbald.

Das ist Ronans Sohnesmord.

12. Fraechs Werbung um Finnabir.

Auf die blutige Geschichte von Ronans Sohnesmord mag eine etwas friedlichere folgen, die ein im Mittelalter überall gern behandeltes Motiv verarbeitet, also wohl auch kein ganz einheimisches Gewächs ist. Sie handelt von der Werbung um eine Königstochter, deren Anblick dem Freier entzogen wird, und die, obschon sie ihn liebt, ihm vorenthalten bleibt, bis er durch eine Reihe wunderbarer Begebenheiten endlich in ihren Besitz gelangt. Unsere Geschichte ist, wie manche andere, äusserlich mit einer andern Erzählung verknüpft, die, wohl hauptsächlich wegen ihrer Länge, in dieser Periode mehr und mehr als der Mittelpunkt des ganzen älteren Sagenkreises empfunden wird. In dieser wird von einem Kriegszug nach Ulster berichtet, den das Herrscherpaar von Connaught, Alill und Medb, unternimmt, um einen besonders schönen Stier aus der Landschaft Cualnge (in der heutigen Grafschaft Louth) zu rauben. Dazu sammeln sie Bundesgenossen, die ihnen ihre Mannen und namentlich auch ihr Vieh zum Unterhalt des Heeres zuführen sollen. Fraech, der Held unserer Geschichte, ist dann einer der ersten Connachter, die durch Culanns Hund fallen. So gehört sie zu den „Vorerzählungen zum Raub der Rinder von Cualnge", wie die irischen Handschriften sie betiteln.

Fraechs Mutter ist die Side Befinn („die weisse Frau"); ihre Schwester Boyne ist der bekannte irische Fluss und die in ihm wohnende Gottheit. Denn bei allen Kelten waren die Flüsse göttliche Wesen, und manche hiessen geradezu „Göttin". — Ein Hügel auf der Ebene von Cruachna galt als eine Side-Wohnung; dieses Sid scheint hier als Befinns Aufenthaltsort gedacht.*)

---

*) Der irische Text im Facsimile des Book of Leinster, Seite 248 a, und, etwas verjüngt, in dem des Yellow Book of Lecan, Seite 55 b. Den ersteren, dem auch ich folge, soweit er mir nicht verderbt scheint, hat O'Beirne Crowe mit einer englischen Uebersetzung herausgegeben in den Proceedings of the Royal Irish Academy, Irish manuscript series I, 1 (1870), p. 134.

Fraech Idads Sohn aus Connaught war ein Sohn der Befinn von den Side; diese war die Schwester der Boyne. Er war der schönste Krieger unter Iren und Schotten; nur lebte er nicht lange. Seine Mutter schenkte ihm zwölf Kühe aus dem Sid; die sind weiss und haben rote Ohren. Sein Haushalt gedieh wohl, acht Jahre lang, ohne dass er eine Frau nahm. Fünfzig Königssöhne bildeten die Hausgenossenschaft; alle hatten gleiches Alter wie er und standen ihm gleich an Gestalt und Bildung.

Finnabir, die Tochter von Alill und Medb, liebte ihn auf Grund dessen, was man von ihm berichtete; denn Irland und Schottland waren voll von seinem Ruhm und von Erzählungen über ihn. Das wurde ihm daheim gemeldet, und er nahm sich vor, hinzugehen und mit dem Mädchen zu reden. Er besprach es mit seinen Genossen. „Schicke zur Schwester deiner Mutter, dass du von ihr etwas Prachtgewand und Side-Geschenke erhaltest." —

Da ging er zu seiner Muhme Boyne in Mag Breg hin, und sie schenkte ihnen fünfzig blauschwarze Mäntel, an Farbe dem Rücken des Mistkäfers zu vergleichen; und an allen waren vier schwarzgraue Zipfel und eine Spange von Rotgold. Und fünfzig glänzend weisse Hemden, ringsum mit goldenen Schnörkeltieren bestickt. Und fünfzig silberne Schilde mit goldenen Rändern. Und für jeden in die Hand einen Königshallen-Lichtstock: an jedem waren fünfzig Bänder von Silberbronze, je mit einem Stift aus geglühtem Gold befestigt; der Fuss aus einem Karfunkel, der Kerzenstachel aus Edelsteinen; sie leuchteten des Nachts, als wären es Sonnenstrahlen. Und fünfzig Schwerter mit goldenen Griffen. Und für jeden Mann zum Reiten ein mattgraues Pferd mit goldenem Gebiss; am Hals jedes Pferds hing ein glattes Silberplättchen mit einem goldenen Glöckchen. Fünfzig Paar purpurne Schuhe mit silbernen Fäden, mit Schnallen aus Gold und Silber und mit Stickereien. Fünfzig Pferdestachel aus Silberbronze mit einem goldenen Häkchen am Ende. Sieben Jagdhunde an silbernen Ketten, immer zwei durch eine Goldkugel getrennt. Beinbekleidungen aus Bronze. Es giebt keine Farbe, die nicht an ihnen zu sehen war.

Sieben Hornbläser begleiteten sie, mit goldenen und silbernen Hörnern, in vielfarbigen Gewändern, in langem gold-

gelbem Haar, in glänzenden Mänteln. Vor ihnen her gingen
drei Narren mit silbernen, goldverzierten Kopfreifen; jeder hatte
einen Schild mit gestickten Emblemen und einen schwarzen
Stock, der Länge nach mit Bronzestreifen eingelegt. Auch drei
Harfenspieler in Fürstentracht.

So ausgerüstet zogen sie aus nach Cruachna. Der Späher
erblickte sie von der Burg herab, als sie das Feld von Cruachna
betraten. „Ich sehe eine Schar auf die Burg zu kommen", rief
er: „seit Alill und Medb die Herrschaft ergriffen haben, ist nie
eine lieblichere, glänzendere hergekommen und wird nie eine
kommen. Weht der Wind von ihnen her, so ist mir, als stäke
mein Kopf in einem Weinbottich. Das Spiel, das der junge
Krieger dort treibt, — seines Gleichen hab ich nie gesehen; er
schleudert seinen Stock einen Wurf weit weg, und bevor er auf
die Erde fällt, fangen ihn sieben Jagdhunde mit Silberketten auf."

Da strömten die Leute aus der Cruachna-Burg, um sie anzusehn; und in der Burg drängten sich die Zuschauer so, dass
sechzehn Mann umkamen.

Vor der Burg sprangen die Jünglinge ab, zäumten ihre
Pferde ab und liessen ihre Jagdhunde los. Die jagten sieben
Hirsche auf Cruachna zu und sieben Füchse und sieben Hasen
und sieben Eber, so dass sie sie auf dem Vorplatz der Burg er-
legen konnten. Dann sprangen die Jagdhunde in die Brei,
fingen sieben Fischottern und brachten sie auf die Höhe vor der
Königsburg. Dort setzten sie sich nieder.

Der König sandte zu ihnen hinaus; man fragte sie, wer
sie wären und woher sie kämen. Sie nannten sich der Wahrheit gemäss: „Es ist Fraech Idads Sohn." Das meldete der Hof-
meister dem König und der Königin. „Sie sind willkommen",
erwiderten Alill und Medb. Und Alill sagte: „Das ist ein glänzender Jüngling; er soll ins Gehöfte eintreten."

Ein Viertel des Hauses wurde ihnen überlassen. Das Haus
war also angeordnet: es liefen sieben Reihen darin herum, je
sieben Pritschen zwischen Feuerstelle und Wand. Jede Pritsche
hatte eine Stirnseite von Bronze; das Gesims war ganz von
roter Eibe, verschieden gehobelt; drei bronzene Säulen auf der
Vorderseite jeder Pritsche. Sieben kupferne Säulen vom Mittel-
schiff bis ans Dach des Hauses. Das Haus war aus Fichtenholz
gebaut; aussen hatte es ein Dach von Schindeln. Sechzehn
Fenster waren im Haus und an jedem ein Laden aus Kupfer;

über dem Oberlicht ein kupfernes Joch. Vier kupferne Baldachine über Alill und Medbs Pritsche, ganz mit Bronze verziert. Diese Pritsche stand genau in der Mitte des Hauses; zwei silberne Wände mit Vergoldung umgaben sie; an der Stirnseite war ein silberner Stab, mit dem man bis an die Querbalken des Hauses reichen konnte.

Sie hielten einen Umzug rings durchs Haus von einer Thür zur andern; dann hingen sie ihre Waffen auf und setzten sich. Man begrüsste sie. „Wir heissen euch willkommen", sagten Alill und Medb. — „Dazu sind wir gekommen", erwiderte Fraech. — „Es wird kein ‚Wohnen auf Prahlerei' sein", sagte Medb.

Dann spielten Medb und Alill Schach. Auch Fraech begann mit einem seiner Genossen Schach zu spielen. Sein Schach war schön: das Brett war von Silberbronze, mit vier goldenen Ecken und Ellbogen; ein Licht aus edlem Gestein leuchtete ihnen; die Figuren auf dem Brett waren Gold und Silber. „Rüstet Speise für die Jünglinge!" sagte Alill. — „Darnach steht mein Herz nicht", erwiderte Medb, „sondern hinzugehn und mit Fraech auf jenem Brett Schach zu spielen." — „Geh nur hin; mir ist's recht", sagte Alill.

Da spielte sie mit Fraech Schach, während seine Genossen draussen das Wildbret brieten. „Lass deine Harfner uns aufspielen", sagte Alill zu Fraech. — „Gut, sie sollen spielen", erwiderte dieser. Die Harfen staken in einem Sack von Otterfellen, die mit Saffian verziert waren, darüber noch Gold- und Silberschmuck; als mittlere Hülle umgab sie das Fell einer Wildziege, weiss wie Schnee, mit schwarzgrauen Augen darin; zunächst um die Saiten Linnendecken, weiss wie Schwanenpelz. Die Harfen waren aus Gold und Silber und Weissbronze, darauf waren goldene und silberne Gestalten von Schlangen, Vögeln und Hunden angebracht; wenn die Harfen geschlagen wurden, liefen die Gestalten rings um die Männer herum.

Nun spielten sie ihnen so auf, dass zwölf Männer von Alills Gefolge vor Weinen und Trübsal starben. Schön waren die drei Harfner und wohlklingend ihr Spiel! Es waren „Uathnes Schöne", die drei berühmten Drillinge Klageweise, Lachweise und Schlafweise. Ihre Mutter war Boyne von den Side. Sie sind nach der Weise benannt, die ihr Vater Uathne auf der Harfe des

Dagda*) spielte, während ihre Mutter sie gebar. Anfangs kam sie ihr wie Klageruf vor bei der Schärfe der Schmerzen; in der Mitte klang sie ihr als Lachen und Fröhlichkeit bei der Freude über die zwei Söhne; beim letzten Sohn brachte sie ihr lindernden Schlaf nach der schweren Geburt. Darnach ist je ein Drittel der Weise benannt. Als dann Boyne aus dem Schlaf erwachte, sprach sie: „Nimm sie an, deine drei Söhne, glutvoller Uathne! Denn es sind ‚Klageweise, Lachweise und Schlafweise für Kühe und Frauen‘. Sie werden einst bei Alill und Medb fallen. Männer werden sterben, wenn sie sie nur stimmen hören!“

Als sie ihr Spiel beendet hatten im Palast, rief Fergus:**) „Ein Wunder ist erschienen!“.— „Teilt uns die Speise aus!“ sagte Fraech zu seinen Genossen. „Bringt sie herein!“ — Da trat Lothur in die Mitte des Hauses und zerlegte die Speise auf seiner flachen Hand; er zerhieb jedes Gelenk mit seinem Schwert, ohne sich Haut oder Fleisch zu berühren. Seit er das Amt des Zerlegers übernommen hatte, war nie Speise in seiner Hand zu Grund gegangen.

Als sie drei Tage und drei Nächte Schach gespielt hatten bei der Menge der Edelsteine, die bei Fraechs Genossen leuchteten, sprach er zu Medb: „Ich stehe gut gegen dich; aber ich will deinen Spieleinsatz nicht nehmen, um deiner Ehre nichts abzubrechen.“ — „Von all den Tagen, die ich in dieser Burg wohne, kommt mir der heutige als der längste vor“, sagte Medb. — „Das ist natürlich“, erwiderte Fraech; „es sind drei Tage und drei Nächte!“ — Da sprang Medb auf; sie schämte sich, dass sie den Jünglingen noch nichts zu essen gegeben hatten, ging zu Alill und sprach zu ihm: „Wir haben uns schwer vergangen, dass die Männer, die von auswärts gekommen sind, nichts zu essen erhalten haben.“ — „Du wolltest lieber Schach spielen“, erwiderte Alill. — „Das hätte ein Austeilen an seine Genossen im Hause herum nicht gehindert. Es sind drei Tage und drei Nächte verstrichen; nur haben wir nichts von der Nacht bemerkt wegen des weissen Scheins der Edelsteine im Hause.“ — „Sagt ihnen, sie sollen mit ihren Spielen aufhören, so wird ihnen ausgeteilt werden“, sagte Alill. Nun

---

*) Dagda, eigentlich „der gute Gott“, eine Figur der irischen Mythologie.
**) Fergus aus Ulster, der als Verbannter in Connaught lebt (siehe die Erzählung No. 2).

erhielten sie ihren Anteil und wurden gut gehalten und blieben
weitere drei Tage und drei Nächte beim Gelage.

Darauf wurde Fraech ins Haus der Unterredung berufen
und gefragt, was ihn hergeführt habe. „Ich möchte euch gern
einen Besuch abstatten", erwiderte er. — „Eure Gesellschaft
missfällt unseren Hausgenossen nicht", sagte Alill. „Es wäre
uns lieber, ihr wäret mehr als weniger." — „So wollen wir
etwa eine Woche hier bleiben", sagte Fraech.

Sie blieben vierzehn Tage in der Burg. Und jeden Tag
hielten sie eine Treibjagd nach der Burg zu ab; die Connachter
pflegten zu ihnen hinauszugehn und ihnen zuzusehen. Fraech
aber verdross es, dass er nicht mit dem Mädchen sprechen konnte;
denn das hatte ihn ja hergeführt.

Eines Tages ging er gegen Ende der Nacht zum Wasser
hinaus, um sich zu waschen. Zur gleichen Zeit kam auch
Finnabir mit ihrer Magd zum Waschen hinaus. Er ergriff ihre
Hand und sagte: „Bleib und sprich mit mir!"

„Mir wärs gewiss lieb", erwiderte das Mädchen, „wenn ich
es nur könnte. Ich kann nichts für dich thun."

„Willst du mit mir entfliehen?"

„Nein, davonlaufen will ich nicht; denn ich bin die Tochter
eines Königs und einer Königin. Du bist ja nicht so arm, dass
du mich nicht von meinen Leuten erhalten könntest; dann werd
ich aus freiem Willen zu dir kommen; denn ich liebe dich. — Und
nimm hier den Daumenring', sprach sie weiter; „er soll ein
Zeichen zwischen uns sein. Meine Mutter hat ihn mir zum
Aufheben gegeben; ich werde sagen, ich habe ihn zu Grunde
gehn lassen."

Dann schieden sie von einander.

„Ich fürchte", sagte Alill, „das Mädchen läuft mit Fraech
davon. Und wenn man es ihm gäbe, wär es kein Schaden; er
würde mit seinem Vieh zu uns stossen, um uns beim Rinder-
raub zu unterstützen."

Eben trat Fraech ins Haus der Unterredung. „Habt ihr
etwas zu beraten?" fragte er.

„Du kannst daran teilnehmen", antwortete Alill.

„Wollt ihr mir eure Tochter geben?"

Die Leute sahen sich an.

„Du sollst sie erhalten", sagte Alill, „wenn du einen Braut-
preis zahlst, wie ich ihn nennen werde."

„Du wirst ihn bekommen", erwiderte Fraech.

„So gieb mir dreimal zwanzig schwarzgraue Pferde mit
goldenem Gebiss, und zwölf Milchkühe, deren jede beim Melken
einen Milchtrunk fürs ganze Haus giebt und ein weisses Kalb
mit roten Ohren hat. Und du selbst kommst mit allen deinen
Leuten und deinen Musikanten zum Raub der Rinder von
Cualnge. Sobald du gekommen bist, wirst du meine Tochter
erhalten."

„Ich schwöre bei meinem Schild und bei meinem Schwert
und bei meiner Rüstung, das würd ich nicht einmal als Braut-
preis für Medb selber zahlen!" — Damit schritt er aus dem Haus.

Da besprachen sich Alill und Medb. „Er wird viele
Könige Irlands gegen uns aufbringen, wenn er das Mädchen
entführt. Wohlan, eilen wir ihm sofort nach und töten wir
ihn, bevor er Unheil stiftet!"

„Das ist schimpflich", meinte Medb, „und schändet unsere
Ehre."

„So wie ichs anstellen werde, wirds unsere Ehre nicht
schänden", erwiderte Alill.

Darauf betraten sie den Palast, und Alill sagte: „Lasst uns
hinausgehen und die Jagdhunde jagen sehn, bis Mittag oder bis
wirs müde sind."

Nachher gingen sie alle zum Wasser, um zu baden. „Man
erzählt mir, du seist sehr gewandt im Wasser", sagte Alill. „Steig
hinein, dass wir dich schwimmen sehn."

„Was ist's mit diesem Wasser?" fragte Fraech.

„Wir wissen von keiner Gefahr darin", antwortete Alill.
„Man badet oft darin."

Da warf Fraech sein Kleid ab und stieg hinein; seinen
Gürtel liess er oben. Und Alill öffnete seine Börse hinter seinem
Rücken und fand den Daumenring darin; er erkannte ihn und
sagte: „Komm her, Medb!" — Sie kam. — „Erkennst du das?" —
„Ja, ich erkenn es", antwortete sie. — Alill warf den Ring ins
Wasser hinab. Fraech aber hatte es bemerkt und sah nun, wie
ein Salm ihm entgegensprang und ihn mit der Schnauze auf-
fing. Da stürzte er auf den Salm zu und packte ihn an den
Kiemen; dann näherte er sich dem Lande und legte ihn am
Ufer in ein Versteck. Hierauf wollte er aus dem Wasser steigen.

„Komm noch nicht!" sagte Alill. „Bring mir erst einen Zweig von dem Vogelbeerbaum, der dort am Ufer des Wassers steht; seine Beeren scheinen mir schön."

Da schwamm Fraech hin, brach Zweige von dem Baum und brachte sie auf seiner Schulter übers Wasser. Und Finnabir rief: „Ist das nicht schön, was ihr seht?" — Ihr schien es der schönste Anblick, wie Fraech über das schwarze Wasser kam, der Leib so weiss, das Haar so schön, das Gesicht so wohlgebildet, das Auge so blau, der ganze Jüngling zart, ohne Fehler, ohne Makel; das Gesicht unten schmal, oben breit; der Wuchs gerade und untadelig; der Zweig mit den roten Beeren zwischen dem weissen Hals und dem weissen Gesicht. Finnabir pflegte zu sagen, sie habe nie etwas gesehen, das nur an die Hälfte oder an ein Drittel der Schönheit Fraechs heranreiche.

Er reichte ihnen die Zweige aus dem Wasser. — „Die Beeren sind wunderschön! Bring uns mehr davon." — Wieder schwamm er hinüber. Wie er in der Mitte des Wassers war, packte ihn das Untier aus dem Wasser. „Gebt mir ein Schwert!" rief er. Aber am Land war kein Mann, der es ihm zu geben wagte, aus Furcht vor Alill und Medb. Da warf Finnabir ihr Kleid ab und sprang mit dem Schwert ins Wasser. Ihr Vater warf ihr von oben einen fünfspitzigen Speer nach; der fuhr ihr durch zwei Haarflechten. Fraech aber fing ihn mit der Hand auf und warf ihn aufs Land hinauf, während das Tier an seiner Seite hing; es war ein Bogenwurf, ein Waffenkunststück, so dass der Speer durch Alills Purpurmantel und Hemd fuhr. Da machten sich die Männer mit Alill davon.

Finnabir stieg aus dem Wasser heraus und liess das Schwert in Fraechs Hand. Der hieb dem Tier den Kopf ab, so dass er oben auf dem Rumpfe lag, und nahm es mit sich ans Land. Darnach ist „Fraechs Schwarzwasser" in der Brei in Connaught benannt.

Alill und Medb kehrten in ihre Burg zurück. „Wir haben uns schwer vergangen!" sagte Medb.

„Was ich gegen den Mann gethan habe, thut mir leid", sagte Alill. „Das Mädchen aber — dessen Lippen sollen morgen Abend ersterben! Doch soll nicht das Überbringen des Schwerts als ihre Schuld genannt werden. — Für den Mann bereitet ein Bad! Macht einen Sud von frischem Schweinefett, und zerhackt das Fleisch einer Kalbin mit Axt und Beil und thut es ins Bad". — Es geschah alles, wie er gesagt hatte.

Nun kamen die Hornbläser vor Fraech her nach der Burg zu geschritten; die bliesen so, dass dreissig von Alills Vertrautesten vor Sehnsucht starben. Fraech wurde in die Burg geführt und ins Bad gebracht. Und die Schar der Frauen stand um ihn herum an der Wanne und rieb ihn und netzte seinen Kopf. Dann wurde er herausgehoben und ein Lager hingebreitet.

Da hörte man Klagerufe über Cruachna hin ertönen und erblickte dreimal fünfzig Frauen in purpurnen Gewändern, mit grünen Hauben, mit silbernen Ringen an den Handgelenken. Man ging zu ihnen hin und fragte, um was sie klagten. „Um Fraech Idads Sohn", sagte eine der Frauen, „um den Liebling der Side-Fürsten Irlands!"

Auch Fraech hörte den Klageruf. „Tragt mich hinaus!" sagte er zu seinen Genossen; „das ist die Klage meiner Mutter und der Frauenschar der Boyne." — Er wurde aufgehoben und zu ihnen hinausgetragen. Die Frauen umringten ihn und trugen ihn fort nach dem Sid von Cruachna.

Am andern Tag um die neunte Stunde sah man ihn zurückkehren, völlig gesund, ohne jedes Gebrechen, und um ihn herum fünfzig Frauen von gleichem Alter und gleicher Gestalt, von gleicher Schönheit und gleicher Anmut, von gleichem Anstand und gleicher Bildung, nach Art der Side-Frauen angethan, so dass man keine von der andern unterscheiden konnte. Die Leute erdrückten sich beinahe um sie herum.

Vor dem Gehöfte trennten sie sich. Und wie sie weggingen, liessen sie ihre Klage erschallen; die brachte die Leute im Gehöfte von Sinnen. Daher rührt der „Klageruf der Side-Frauen", den die Musikanten Irlands zu spielen pflegen.

Als Fraech in die Burg trat, standen alle Leute vor ihm auf und begrüssten ihn, als käme er aus einer andern Welt. Alill und Medb erhoben sich und zeigten sich reuig über ihre Missethat, die sie an ihm begangen hatten; und sie schlossen Frieden. Dann setzten sie sich zum Gelage bis zur Nacht.

Fraech rief einen Burschen aus seinem Gefolge zu sich: „Geh hinaus an den Ort, wo ich ins Wasser gestiegen bin. Dort hab ich einen Salm gelassen. Bring ihn Finnabir; sie soll ihn selbst in Acht nehmen und ihn gut zubereiten; der Daumen-

ring ist in seinem Innern; ich glaube, man wird ihn heut Abend
von ihr fordern."

Man berauschte sich und ergötzte sich an Musik und
Bläserei. Da sagte Alill: „Bringt mir alle meine Schätze!" —
Man brachte sie und legte sie vor ihn hin. „Herrlich! Herr-
lich!" sprach jedermann.

„Ruft mir Finnabir!" befahl er. Von fünfzig Mädchen
umgeben trat sie herein. „Mädchen", sagte Alill, „den Daumenring, den ich dir vor einem Jahr gegeben habe — hast du den
noch? Bring mir ihn, dass ihn die Jünglinge sehen. Nachher
soll er dir gehören."

„Ich weiss nicht, was aus ihm geworden ist", erwiderte sie.

„So such ihn! Du musst ihn finden, oder deine Seele
verlässt deinen Leib!"

„Das ists nicht wert", sagten die Jünglinge; „es ist schon
sonst viel Schönes da." — Und Fraech sprach: „Ich besitze
keinen Schatz, den ich nicht für das Mädchen hingäbe, weil sie
mir das Schwert gebracht hat, um mir das Leben zu retten."

„Du hast keine Schätze, die sie retten können, wenn sie
den Ring nicht zurückgiebt", erwiderte Alill.

„Ich kann ihn nicht geben", sagte das Mädchen. „Mache
mit mir, was du willst!"

„Ich schwöre bei Gott, bei dem mein Stamm schwört:
deine Lippen werden ersterben, wenn du ihn nicht zurück-
giebst. Eben darum wird er von dir gefordert, weil es unmöglich ist. Denn ich weiss, bis die Menschen, die seit Anfang der
Welt gestorben sind, zurückkehren, kehrt er nicht zurück aus
dem Ort, wo er liegt."

„Belohnung oder Wunsch führen das verlangte Kleinod
nicht zurück", sagte das Mädchen. „Weil du es aber gar so
dringend begehrst, will ich gehen und es herbringen."

„Du gehst nicht fort!" sagte Alill. „Lass es durch jemand
holen."

Das Mädchen sandte seine Magd, es zu holen. „Ich
schwöre bei Gott, bei dem mein Stamm schwört: wird es gefunden, so werd ich nicht länger unter deiner Macht stehen,
nachdem du mich in deiner Trunkenheit beschimpft hast."

„Findet sich der Daumenring wieder, so werd ich dich
nicht abhalten und wenn du mit dem Pferdeknecht gehen
willst!"

Da brachte die Magd eine Schüssel in den Palast und auf ihr den gekochten Salm; er war mit Honig bestrichen und vom Mädchen gut zubereitet. Und oben auf dem Salm lag der goldne Daumenring. Alill und Medb prüften ihn.

„Lasst mich sehen!" sagte Fraech und untersuchte seine Börse. „Mir kommt vor, ich liess meinen Gürtel nicht ohne Zeugen am Ufer zurück! Bei deinem Königswort, sage, was hast du mit dem Ring gethan?"

„Ich will dirs nicht verhehlen", antwortete Alill; „mir gehört der Daumenring, den du in der Börse hattest, und ich wusste, dass du ihn von Finnabir bekommen hattest. Da hab ich ihn ins Schwarzwasser geworfen. Bei deinem Ehrenwort, Fraech, erzähle, wie ist er wieder herausgekommen?"

„Ich will dirs nicht verhehlen. Am ersten Tage, da ich den Daumenring draussen vor dem Gehöfte fand, wusste ich, dass es ein kostbares Kleinod sei; darum steckte ich ihn sorgsam in die Börse. An dem Tag, da ich zum Wasser ging, hörte ich, wie das Mädchen hinausging, ihn zu suchen. Ich sagte zu ihm: „Welchen Finderlohn willst du mir geben?" — Sie antwortete, sie werde mir ein Jahr lang ihre Liebe schenken. Zufällig hatte ich ihn nicht bei mir, ich hatte ihn zu Hause gelassen. Dann haben wir uns nicht mehr getroffen, bis sie mir im Wasser das Schwert in die Hand gab. Ich hatte gesehen, wie du die Börse öffnetest und den Ring ins Wasser warfst, und sah den Salm ihm entgegenspringen und ihn mit der Schnauze fassen. Da fing ich den Salm, hob ihn ans Ufer und übergab ihn dem Mädchen; das ist der Salm, der hier auf der Schüssel liegt."

Da erstaunten und verwunderten sich die Leute im Hause über diese Geschichten.

„Nie werd ich meinen Sinn auf einen andern Mann in Irland richten!" sprach Finnabir.

„Verlob dich ihm", sagten Alill und Medb; „und du komm zu uns mit deinen Kühen zum Raub der Rinder von Cualnge. Wenn du dann mit deinem Vieh von Osten wiederkehrst, sollst du in der gleichen Nacht das Lager mit Finnabir teilen."

„Das will ich thun", erwiderte Fraech.

Sie blieben bis zum folgenden Tag. Dann brach Fraech mit seinen Genossen auf, nahm Abschied von Alill und Medb und kehrte in sein Gebiet zurück.

13. Wie Snedgus und Mac Riagla auf dem Meere fuhren.

Der glühende Eifer, mit dem sich die zum Christentum bekehrten Iren der Askese hingaben, trieb viele von ihnen zum Einsiedlertum auf fremder Erde. So wie manche von ihnen nach dem Festland pilgerten, um dort als fromme Klausner ihr Leben zu beschliessen, so zerstreuten sich andere auf die Inseln des Weltmeers, um auf ihnen ein heiliges Einsiedlerleben zu führen. Manche mochten sich auch einfach in Booten auf die See hinaustreiben lassen, und viele mögen bei diesen Fahrten ums Leben gekommen sein. Aber zu Hause erzählte man sich Wunderdinge von den Erlebnissen, die solche fromme Seefahrer gehabt hätten. Eine längere Erzählung dieser Art, die Seefahrt des heiligen Brendanus oder Brandanus (irisch: Brenand), ist in lateinischer Sprache verfasst und daher schon im Mittelalter dem ganzen westlichen Europa bekannt geworden. Hier folge eine ähnliche Geschichte, die, in irischer Sprache erzählt, die Grenzen ihres Heimatlandes nicht überschreiten konnte.

In der einzigen Handschrift, die sie uns bewahrt, wechseln mit den prosaischen Abschnitten poetische Partieen desselben Inhalts; aber die Einleitung bis zur Schiffahrt der Mönche ist nur in der Prosa vorhanden. Sonst folgt diese dem Gedichte meist genau, oft wörtlich, nur dass die poetischen Floskeln weggelassen sind. Wahrscheinlich ist daher ein älteres Gedicht von einem Späteren in Prosa aufgelöst und mit einer Einleitung versehen worden, zu der das Gedicht selber einige Elemente an die Hand gab.

Der Tod Domnalls, des Oberkönigs von Irland, fällt nach den Annalen etwa um 641 n. Chr. Conalls Land, wo sein Sohn Donnchad herrscht, ist das heutige Donegal im Nordwesten von Ulster. Ueber die Männer von Ross nördlich der untern Boyne s. oben Seite 58. Colum-Kille, lateinisch Columba, ist der berühmte Piktenapostel, der um 563 auf der Hebriden-Insel Hi oder Iona ein Kloster gründete und um 597 starb. Wenn ihn der Verfasser der Prosa-Erzählung noch nach Domnalls Tod leben lässt, ist das also ein arger Anachronismus. Die Ausländer, deren Eindringen in Irland am Schluss prophezeit wird, sind nicht etwa die englischen Normannen, sondern die Norweger und Dänen, die im neunten und zehnten Jahrhundert grosse Striche Irlands besetzt hielten; im Gedicht sind sie deutlich als Heiden bezeichnet. Dadurch ist dessen Entstehungszeit einigermassen bestimmt. Die Prosaversion dagegen, auf deren Wiedergabe ich mich beschränke, scheint keinesfalls über das Ende des elften Jahrhunderts hinaufzugehen; sie erwähnt den „Fächer Colum-Killes" Seite 129 als in Kenannos (heute Kells in Leinster, Grafschaft Meath) befindlich, wohin er nach den Annalen erst im Jahr 1090 übergeführt wurde; im Gedicht fehlt diese Notiz.*)

Nach dem Tode des Hochkönigs Domnall, des Sohnes Aeds, des Sohnes Anmires, lebten die Männer von Ross in grosser Drangsal. Das hatte folgenden Grund. Als die Söhne Mael-Cobas sich nach Domnall der Königswürde Irlands bemächtigt hatten, waren zwei Söhne Domnalls Fürsten über Conalls Geschlecht und die Männer von Ross; und zwar herrschte Donnchad in Conalls Land, Fiacha über die Männer von Ross. Und Fiacha bedrückte diese sehr; er liess keinem die Waffen oder buntes Gewand. Denn sie waren noch nie einem Fürsten botmässig gewesen. So wurden sie hart geknechtet.

Ein Jahr lang herrschte Fiacha über sie. Nach seinem Verlauf begab er sich zur Boyne-Mündung und rief die Männer von Ross zu sich. Da sprach er zu ihnen:

„Ihr müsst mir besser dienen."

„Wir können nicht mehr thun", erwiderten sie.

„Spuckt mir alle auf die flache Hand", befahl er.

Sie thaten es; und siehe, die Hälfte des Speichels war Blut. Da sagte er:

„Ihr dient mir noch nicht recht, da nicht der ganze Speichel Blut ist. Tragt die Hügel ab in die Thäler, dass es flaches Land sei! Pflanzt Bäume auf den Feldern, dass es Wälder seien!"

Eben sprang ein Hirsch in ihrer Nähe auf. Das ganze Gefolge des Fürsten eilte ihm nach. Nun entrissen die Männer

---

*) Der irische Text im Facsimile des Yellow Book of Lecan, Seite 11b; die prosaischen Abschnitte bei Stokes, Revue Celtique IX 14, mit einer englischen Uebersetzung. Viele derselben sind ins Deutsche übersetzt von Zimmer, Zeitschrift für deutsches Altertum XXXIII 212.

von Ross dem Fürsten seine eigenen Waffen, da sie selber keine hatten, und erschlugen ihn.

Über diese That ergrimmte sein Bruder Donnchad; er zog herbei und nahm sie alle gefangen. Dann brachte er sie zusammen in ein Haus, um sie zu verbrennen. Doch sagte er zu sich selber: „Ich darf diese That nicht thun, ohne mich mit meinem Seelsorger Colum-Kille zu beraten."

So gingen Boten von ihm zu Colum-Kille. Der sandte ihm die Mönche Snedgus und Mac Riagla, um ihm zu raten, er solle sechzig Paare von den Schuldigen aufs offene Meer bringen; so werde Gott über sie richten. Da gab man ihnen kleine Kähne und brachte sie aufs offene Meer; und man hielt Wache, dass sie nicht ans Land zurückkehrten.

Snedgus und Mac Riagla machten sich auf den Heimweg nach Hi zu Colum-Kille. Wie sie so in ihrem Boote waren, beredeten sie mit einander, sie wollten freiwillig ins äussere Weltmeer auf Pilgerschaft fahren, so wie die sechzig Paare gethan hatten; diese allerdings nicht freiwillig. Da wandten sie nach rechts um, und der Wind trieb sie nach Nordwesten ins äussere Weltmeer.

Nach drei Tagen litten sie gewaltigen Durst, dass sie es nicht mehr aushalten konnten. Da erbarmte sich Christus ihrer und führte sie zu einer Strömung, wohlschmeckend wie Milch; und sie tranken sich satt. Dann dankten sie Gott und sprachen: „Wir wollen unsere Fahrt Gott überlassen und unsere Ruder ins Schiff ziehn." Von da an liessen sie sich treiben und hatten die Ruder im Schiffe.

So kamen sie zu einer Insel, durch deren Mitte eine silberne Scheidewand lief. Auf der Insel fand sich ein Fischwehr; das bestand aus einer Silberplatte. Und grosse Salme sprangen gegen das Wehr; jeder Salm war so gross als ein Stierkalb. Und sie assen sich daran satt.

Dann fuhren sie zu einer andern Insel. Dort trafen sie viele Männer mit Katzenköpfen. Ein Gäle war darauf; der kam an den Strand und begrüsste sie und sagte zu ihnen: „Ich bin ein Gäle. Ein Boot voll kamen wir hierher; aber ich bin allein noch am Leben. Die andern haben den Märtyrertod erlitten durch die Fremden, die diese Insel bewohnen." Er brachte ihnen Speise ins Boot; und sie gaben sich gegenseitig den Segen.

Darauf trieb sie der Wind zu einer Insel, auf der ein grosser Baum stand mit schönen Vögeln. Zu oberst sass ein grosser Vogel mit goldenem Kopf und silbernen Flügeln. Der predigte ihnen vom Anfang der Welt und die Geburt Christi aus der Jungfrau Maria und seine Taufe und sein Leiden und seine Auferstehung. Und er berichtete ihnen vom jüngsten Gericht. Da schlugen alle Vögel mit den Flügeln gegen ihre Leiber, aus Schrecken über die Zeichen des jüngsten Gerichts, so dass Blutstropfen aus ihren Leibern traten; das war hochheiliges Blut. Und der Vogel gab den Mönchen ein Blatt von dem Baume; es hatte die Grösse der Haut eines grossen Ochsen. Und er sagte ihnen, sie sollten das Blatt auf dem Altar Colum-Killes niederlegen. Das ist der sogenannte „Fächer Colum-Killes", der sich heute in Kenannos befindet. Wohlklingend war die Weise der Vögel, wenn sie Psalmen und Lieder zum Preise 'des Herrn sangen. Denn sie waren die Vögel des Himmelsgefildes. Stamm und Blätter des Baumes verwittern nicht.

Dann nahmen sie Abschied von den Vögeln und fuhren zu einem schrecklichen Land, in dem Menschen mit Hundsköpfen und Tiermähnen lebten. Aber auf Gottes Befehl kam ein Geistlicher von der Insel, ihnen zu helfen; denn sie waren in grosser Not und ohne Speise. Er brachte ihnen Fisch, Wein und Weizen.

Dann kamen sie zu einem Land, wo Menschen mit Schweinsköpfen wohnten; und grosse Scharen ihrer Schnitter ernteten Korn mitten im Sommer.

Darauf bestiegen sie ihr Boot wieder, sangen Psalmen und beteten zu Gott und gelangten zu einem Lande in dem eine Schar Gälen lebte. Die Weiber der Insel sangen ihnen sofort ein Lied; das klang den Mönchen gar schön.

„Singt weiter", baten die Mönche. „Das ist das Lied von Irland."

„Kommt lieber zum Hause des Königs der Insel, ihr Mönche", sagten die Weiber. „Der wird uns begrüssen und verpflegen."

So gingen die Weiber und die Mönche ins Haus, und der König begrüsste die Mönche. Sie ruhten sich aus und er fragte sie:

„Woher stammt ihr, Mönche?"

„Wir sind aus Irland und gehören zur Genossenschaft Colum-Killes."

„Wie geht es in Irland?" fragte der König weiter. „Wie viel Söhne Domnalls sind noch am Leben?"

Ein Mönch antwortete: „Drei Söhne Domnalls sind am Leben; aber Domnalls Sohn Fiacha ist gefallen durch die Männer von Ross, und sechzig Paare von ihnen wurden wegen dieser That aufs Meer gesetzt."

„Eure Rede, Mönche, ist wahr. Ich bin es, der den Sohn des Königs von Temir erschlug; und wir sind die, die man aufs Meer gesetzt hat. Wir sind's zufrieden; denn wir leben hier bis zum Tage des Gerichts und sind ohne Sünde, ohne Schlechtigkeit und verschulden keine Gewaltthat. Schön ist die Insel, auf der wir sind. Elia und Enoch wohnen auf ihr; und erhaben ist die Wohnung, in der Elia weilt."

Und er begrüsste die Mönche herzlich und sagte: „Zwei Seen sind in diesem Land, ein Wassersee und ein Feuersee. Die hätten sich längst über Irland ergossen, wenn nicht St. Martin und St. Patrick bei ihnen beteten."

„Wir möchten gerne Enoch sehen", sagten die Mönche.

„Der ist an einem heimlichen Orte, bis wir alle am Tage des Gerichts zum Kampf ziehn werden."

Dann fuhren sie weg von dieser Insel und waren lange Zeit im Wogengetöse des Meers. Als sie erschöpft waren, leistete Gott ihnen mächtige Hilfe. Sie sahen eine grosse, hohe Insel; was auf ihr war, war schön und heilig. Der König dieser Insel war gut, heilig und gerecht; und hatte viele Leute und eine erhabene Wohnung; denn das Haus hatte hundert Thüren und bei jeder Thür einen Altar, und bei jedem Altar stand ein graduierter Priester und opferte den Leib Christi. Da traten die Mönche ins Haus, und man gab sich gegenseitig den Segen. Dann kam die ganze Bevölkerung, Männer und Weiber, zur Kommunion beim Messopfer. Hierauf schenkte man ihnen Wein ein, und der König sprach zu den Mönchen:

„Saget den Männern Irlands, dass ihnen eine grosse Strafe bevorsteht. Ausländer werden übers Meer zu ihnen kommen und bis zur Hälfte die Insel bewohnen; und werden euch belagern. Und diese Strafe kommt deshalb, weil sie Gottes Gebot und seine Lehre nicht achten. — Ein Jahr und einen Monat bleibt ihr auf dem Meere; doch werdet ihr heil ankommen. Dann verkündet alles, was ihr erfahren, den Männern Irlands."

14. Mac Conglinnes Vision.

Den Schluss mag dieser etwas derbe, aber harmlose Schwank
bilden, der, an Alter dem bisher Gebotenen nachstehend, doch
das Kulturbild nach einer Seite hin ergänzt, indem er uns einen
Blick in die irische Küche thun lässt. In das Labyrinth von Speise-
bezeichnungen, das diese Schilderung des irischen Schlaraffenlandes
enthält, hätte ich mich nicht gewagt ohne den leitenden Faden,
den mir Kuno Meyers Übersetzung geboten hat, dem seinerseits die
ältere des eingeborenen Iren Hennessy einigen Anhalt gewährte.
Dass jeder deutsche Speisename dem irischen des Originals genau
entspricht, möchte ich natürlich trotzdem nicht verbürgen; gewiss
ist manche culinarische Finesse verwischt, hie und da ist auch ein
unverständlicher Ausdruck ganz unübersetzt geblieben. Immerhin
wird das Gegebene genügen, um uns die alten Iren um ihren guten
Magen beneiden zu lassen, denen eine solche Aufzählung von Fett-
und Milchspeisen den Appetit reizte.

Cathal Finnguines Sohn, König von Munster, lebte in der
ersten Hälfte des achten Jahrhunderts; er starb um 741. Das
Kloster Athan-Muru, von dem Mac Conglinnes Reise ausgeht, ist
das heutige Fahan in der Grafschaft Donegal in Ulster; sein Patron
ist der heilige Muru, der in unserer Geschichte als Retter in der
Not auftritt. Von dort wandert Mac Conglinne durch Eogans Land,
die heutige Grafschaft Tyrone, nach Ard-Macha (Armagh in der
gleichnamigen Grafschaft), dann südwärts durch mehrere, schon
früher besprochene Teile der Grafschaft Louth, darauf westwärts
nach dem Taltiu-Hügel, heute Teltown in Meath, um im Kloster
Kenannos (Kells) zu übernachten. Der zweitnächste Tag führt ihn
über den Usnech-Hügel in Westmeath, über Colum-Killes Eichenfeld
(Durrow), den Bladma-Berg (Slieve Bloom) und Ele (Ely O'Carroll),
alle in Kings County, dann durch einige Ortschaften, die offenbar
in Munster liegen, bis nach Cork. Diese gewaltige Wanderung, die
ihn in zwei Tagemärschen vom Norden Irlands in den äussersten
Süden bringt, ist eine Parodie auf die ungeheuern Strecken, die
die Helden der irischen Sage an einem Tag zurückzulegen pflegen.

Die Erzählung beleuchtet hell die Bedeutung, die das Spottlied in jener Zeit besass; das eine Mal verschafft es dem Dichter reichliche Speisung, das zweite Mal bringt es ihm fast den Tod.[*]

C athal Finnguines Sohn, ein grosser König von Munster, war fressgierig wie ein Hund und ass wie ein Gaul. Ein Fressteufel[**]) sass in ihm; Satan verschlang zugleich mit ihm sein Essen.

Aniar Mac Conglinne aus der Klostergemeinschaft im grossen Athan-Muru war ein glänzender Scholar. Er begab sich von Athan-Muru auf einen Rundgang durch Irland: aus Eogans Land nach Airgialla, nach Ard-Macha, über den Fuat-Berg, über das Murthemne-Feld, nach Cremthinne, ins Ross-Gebiet, auf den Taltiu-Hügel. Er hatte einen einzigen Scoloc[***]) bei sich; das war Sohn des Grinds. Sie kamen nach Kenannos. Dort verbrachten sie die Nacht in der Steinkirche, ohne etwas zu essen zu erhalten. Am andern Tag sagte Mac Conglinne vor allem Volk:

> „Schülerlein,
> Wolln wir nicht ein Wettlied singen?
> Sing die Strophe du aufs Brod,
> Ich von den andern guten Dingen!"

„Das haben wir wirklich nötig", antwortete Sohn des Grinds, „da wir in dieser Gemeinschaft seit gestern Abend fasten."

Vor der nächsten Nacht brachte man ihnen so viel Trank und Speise, dass zwanzig davon hätten satt werden können.

Am andern Tag gingen sie durch ganz Mide, über den Usnech-Hügel, zu Colum-Killes Eichenfeld in Nialls Land, über

---

[*]) Der irische Text ist veröffentlicht von Kuno Meyer, The Vision of Mac Conglinne (London 1892), p. 114, grossenteils mit einer englischen Übersetzung. Ebenda (p. 3) eine jüngere, erweiterte Version, die bisweilen bessere Lesarten enthält, mit vollständiger Übersetzung; eine solche hatte schon Hennessy, Frasers Magazine, Sept. 1873, gegeben. Ausser dem langen, gereimten Stammbaum (Meyer p. 123) habe ich zwei kurze Gedichte ausgeschieden, die den Zusammenhang der Erzählung unterbrechen (Meyer, p. 118); sie sind vielleicht älter als diese und deshalb in sie eingeschoben worden.

[**]) Im Irischen eine „Schlund-Amsel".

[***]) Scoloc heisst der Schüler eines Scholaren, der zugleich die Dienste eines Burschen bei ihm besorgt.

den Bladma-Berg, westwärts nach Ele, über den Boden von Munster, über Machire-na-Cliath ins Dedad-Röhricht. Eben zogen die Munsterleute in Scharen nach dem grossen Cork in Munster, um am Festtage von Barre und Nassan zu fasten.*)

„Ich möchte dir einen guten Rat geben, Mac Conglinne", sagte Sohn des Grinds, „wie wir in Cork zu essen bekommen. Wir wollen sagen, du seist ein Mann der Kunst; dann wird man nicht wagen, uns ohne Nahrung zu lassen."

„So solls geschehen", erwiderte Mac Conglinne.

Sie traten ins Gästehaus von Cork. Darin war ein grosser Hund. Der stürzte heraus und warf Sohn des Grinds in eine Pfütze, bis Mac Conglinne hinzukam.

Mönchlein, der Abt von Cork, sagte: „Seht nach, ob heut Abend jemand im Gästehaus ist, der gern eine Mahlzeit hätte." — Ein junger Kleriker ging hin und sah nach. „Ist irgend jemand da?" rief er hinein. — „Du redest nicht wohl", sagte Sohn des Grinds. „Hier ist ein trefflicher Meisterdichter; den verpflegt ihr schlecht! Er wird die Kirche schelten. Denn er ist heut weit von seinem Geschlecht entfernt."

Das wurde Mönchlein von dem jungen Kleriker berichtet. „So zünde man ihnen ein Feuer an mit grünem Reisicht und bringe ihnen ein Becherchen Haferkorn!"

Da sagte Mac Conglinne:

> „Nie ess ich wohl,
> Bin ich nicht dem Verhungern nah,
> Von Corkschem Hafer das Becherchen,
> Das Becherchen Corkschen Hafers da!"**)

Das erzählte der Bote Mönchlein. Der rief: „Hinaus, ihr jungen Kleriker! Bindet den Mann der Kunst! Morgen soll er gehängt werden, weil er die Kirche verspottet hat!"

Da wurde Mac Conglinne ergriffen und gefesselt vor Mönchlein geführt. „Ich heisse dich nicht willkommen", sagte Mönchlein. „Morgen wirst du für dein Schmählied gehängt."

„Gewähre mir eine Bitte, Edler", bat Mac Conglinne, „um Barres willen, dessen Festtag heut ist."

---

*) Der Festtag Barres, des Schutzheiligen von Cork, ist der 25. September.
**) Im Irischen, wo der Hafer „corca" heisst, giebt „Corkscher Hafer" (corca Corcaigi) einen drolligen Gleichklang.

„Welche Bitte?"

„Nun", sagte Mac Conglinne, „dass ich mich heut an Trank und Speise sättigen und in deinem Bett mit seiner Zubehör an Matratzen und Decken schlafen darf."

„Um des Schutzpatrons willen will ich dirs gewähren", erwiderte Mönchlein.

Nachdem sich Mac Conglinne satt gegessen und getrunken hatte, legte er sich hin und fiel in tiefen Schlaf. Da sah er im Schlaf einen Kleriker auf sich zukommen; der hatte einen weissen Mantel mit goldenem Dorn und ein langes, seidenes Hemd auf der weissen Haut und gelocktes, grauweisses Haupt-haar. „Ei, du Armer", sprach er, „du schläfst gut und hast doch den Tod vor dir." — „Wer bist du?" fragte Mac Conglinne. — „Muru", antwortete er; „ich bin gekommen, dir Hilfe zu bringen." — „Was für Hilfe?" — „Merke dir die folgende Vision, und erzähle sie vor König Cathal, so wirst du ihn von der Fresssucht heilen." — Und Muru sang die Vision; und Mac Conglinne behielt sie im Gedächtnis.

Am andern Tag wurde er zur Hinrichtung in die Ver-sammlung der Männer von Munster geführt, wo auch Cathal und die Edeln von Munster waren. Cathal sagte aber, er lasse keinen Barden hängen; das sollten die Kleriker selber thun, weil sie sein Vergehen kennten.

„Gewährt mir eine Bitte, Cathal und ihr Edeln von Munster!" bat Mac Conglinne.

„Welche Bitte?" fragte Cathal.

„Dass ich mich an Wasser satt trinken darf, das ich mir selber schöpfe."

„Das sei dir gewährt", sagte Cathal.

Man führte ihn zur Quelle. Da legte er sich auf den Rücken, zog seinen Dorn aus dem Mantel, tauchte ihn in die Quelle und liess so immer ein Tröpfchen von der Spitze des Dorns in seinen Mund rinnen. Das wurde Cathal berichtet. „So gewährt ihm Frist bis morgen früh", sagte er.

Den Abend ging Cathal in das Haus Pichans des Sohnes Maelfinns, und Mac Conglinne kam auch dahin und trat vor ihn hin. Man brachte Cathal eine Portion ausgesuchte Äpfel. Da stellte sich Mac Conglinne dem König gerade gegenüber, indem er leer kaute.

„Was soll das, Mann der Kunst?" fragte Cathal.

„Ich schäme mich, dass der König von Munster allein isst!" — Da schenkte ihm Cathal einen Apfel.

„Man lässt nie einen allein vor Gericht", sagte Mac Conglinne. — Da gab er ihm einen zweiten Apfel.

„Die Zahl der Dreieinigkeit", sprach Mac Conglinne weiter. — Da gab er ihm den dritten Apfel.

„Vier Bücher des Evangeliums." — Er gab ihm den vierten.

„Fünf Bücher Mose." — Er gab ihm den fünften.

„Sechs Lebensalter." — Er gab ihm den sechsten.

„Sieben Gaben des heiligen Geistes." — Er gab ihm den siebenten.

„Acht Seligpreisungen im Evangelium". — Er gab ihm den achten.

„Neun Grade der himmlischen Kirche." — Er gab ihm den neunten.

„Der zehnte der der irdischen Kirche." — Er gab ihm den zehnten.

„Die Zahl der Apostel nach Judas' Fehltritt." — Er gab ihm den elften.

„Die zwölf Apostel des Herrn." — Er gab ihm den zwölften.

„Christus, das Haupt der Apostel." — Er gab ihm den dreizehnten und rief: „Für den wären alle nicht zu viel!" indem er das Leder voll Äpfel unter die Menge ausschüttete. Da sprangen alle auf und griffen zu.

Mac Conglinne aber sagte zu Pichan Maelfinns Sohn, wenn man ihm die Zubereitung von Cathals Mahl überlasse, werde es den Leuten von Munster zum Vorteil gereichen. Da wurden ihm unter Pichans Bürgschaft die Fesseln abgenommen. Er badete sich, zog ein weisses Hemd und eine weisse Schürze an und zündete vor Cathal ein Feuer von trockenem Eschenholz an ohne Rauch, ohne Dampf, ohne Funken. Oben liess er über dem Feuer neun Öffnungen. Und man brachte ihm neun Bratspiesse mit langer Spitze aus weissem Haselholz vom Wurzelstock des Haselstrauchs und vier alte Speckseiten und zwei frische Schweine. Er schnitt sie in Stücke und steckte je ein Stück alten Speck zwischen zwei Stücke frischen Speck und ein Stück frischen Speck zwischen zwei Stücke alten Speck, nachdem er sie mit Honig und mit Salz besprengt hatte.

„Wer ist denn das?" fragte Cathal.

„Einer, der zu kochen versteht", antwortete Pichan.

„Ist es nicht der Barde?"

„Ja, der ist's."

„Er kocht gut", sagte Cathal. „Er soll mir schnell mein Essen bereiten."

„Gewähre mir eine Bitte, Edler!" sagte Mac Conglinne zu Cathal.

„Welche Bitte?"

„Dass kein anderer im Haus sprechen darf, bis ich dir ein Traumgesicht, das ich letzte Nacht gehabt habe, zu Ende erzählt habe."

„Es sei dir gewährt. Erzähle schnell! Und wer ein Wort spricht, wird morgen mit dir gehängt werden."

Da erzählte Mac Conglinne:

„„Als ich in meinem schönen Prachtbett lag, Cathal — das hatte Pfosten aus Silberbronze, die obern Enden vergoldet, Seitenbretter aus Bronze, eine Unterlage von frischen Binsen, eine rote Flaum-Matratze, ein flaumiges Kopfkissen —, da hörte ich eine Stimme zu mir dringen: „Steh auf, armer Mac Conglinne!" — Ich gab keine Antwort. Das ist natürlich; mein Bett war so warm, mein Leib so behaglich, mein Schlaf so fest. Da sprach sie wieder: „Achtung, Achtung, Mac Conglinne, vor der Sauce, dass sie dich nicht mitreisst in den Fluss der Brühe! Flieh, sonst ertränkt sie dich!" — Da sprang ich leicht und gewandt auf, so schnell, dass sich keine Mücke auf mein Gesicht hätte setzen können, und sah einen Kerl auf mich zukommen.

„Schön!" sagte er zu mir.

„Schön!" gab ich ihm zur Anwort.

„Wer bist du, armer Wicht?" fragte der Kerl.

„Ein armer Scholar", erwiderte ich, „der Heilung sucht von Heisshunger, von Essgier und von unerträglichem Durst."

„Armer Wicht, hier findest du einen, der dir den Weg weisen wird zum Altar von Nierenfett, der westlich von der Kirche liegt, bei der du dich befindest, am Pass der Brühe im Gebiet der O'Frühesser, gerade vor der Einsiedelei des Arzt-Wahrsagers."

„Wie heisst du?" fragte ich.

„Ich?" fragte er.

„Ja, du."

„Schmutzrülpser Sohn des Durchfalls aus dem Geschlecht Ulgabs des Furchtlosen spricht mit dir und wird dir den Weg weisen.“

Wie er so sprach, machte ich mich auf den Weg gradaus und schnell entschlossen, eifrig und energisch, wie sich der Fuchs über sein Fressen macht oder der Hirsch übers Weizenfeld oder das Bäuerlein über die Königin. Und wir überstiegen den Butterberg und sahen am Rande eines Sees ein kleines, saftiges Boot aus Rinderfett liegen, seine Haut aus Talg, sein Ruder aus Dick-und-Dünn des Ebers, sein Hinterteil aus Schinken, sein Bug aus Eierrahm, seine Bänke aus altem Speck, sein Ruderpflock aus Mark, seine Wasserschaufel aus Formkäse; so sah das Boot aus, in das wir stiegen. Wir ruderten über den See von Frischmilch, über die Untiefen von Sauermilch, durch die Sturmflut von Buttermilch, durch die Spritzer der Brühe, an den Dickmilch-Inseln vorbei zu den Quark-Klippen, zu den Molken-Inseln, über den Seekies von Honigseim und stiessen ans Land zwischen der Butter-Mündung, dem Quark-Berg und dem Milch-See an der saftigen Grenze der O'Frühesser am Eingang zur Einsiedelei des Arzt-Wahrsagers.“

Und Mac Conglinne sang:

„Einen Traum hab ich erblickt,
Wunderbarlich! Ich erzähls
   Hier vor jedermann.
Ganz von Talg lag da ein Boot
In dem Hafen des milchigen Sees
   Über lieblichem Nass.

In das Kriegsboot stiegen wir,
Heldenhaft war unsre Fahrt
   Über die Wogen der Flut;
Tauchten unsere Ruder ein
Durch die Enge des Meeresstrands,
Wühlten auf des Meeres Frucht,
   Honiggleichen Kies.

Trafen eine schöne Burg,
Ihre Wälle aus Eierrahm
   Drüben über dem See.

Frische Butter die Brücke davor
Und der Steinwall Weizenmehl,
  Pallisaden aus Speck.

Stattlich war es ausgeführt,
Jenes edle, mächtige Haus,
  Das ich jetzt betrat:
Seine Thür aus Trockenfleisch,
Seine Schwelle pures Brot,
  Dickmilch seine Wand.

Glatte Pfeiler aus altem Käs,
Säulen auch aus saftigem Speck,
  Wechselnd nach der Reih, —
Prächtige Stützen aus altem Rahm,
Weisse Pfosten aus richtigem Quark
  Tragen jenes Haus.

Hinten drin ein Quell von Wein,
Rinnen mit Bier und Malzgebräu,
  Schmackhaft jeder Trunk,
Milde Bierwürz auch, ein Meer,
Neben dem Brunnen von Sauermilch,
  Der es mitten durchströmt.

Fleischbrühsuppe bildet den See,
Überdeckt von flüssigem Schmalz,
  Zwischen Haus und Meer.
Und ein Zaun von Butter umläuft,
Oben mit weissem Fett gekrönt,
  Draussen den Wall im Feld

Apfelbäume duften gereiht,
Purpurgeränderte Blüten, ein Wald,
  Zwischen Haus und Berg.
Hoch ragt dort ein Gehölz von Lauch
Und von Zwiebeln und gelber Rüb
  Westlich hinter dem Haus.

Die Bewohner hochgeehrt,
Männer rot und wohlgenährt,
Um das Feuer im Haus.

Sieben Bänder und Ketten am Hals
Aus Kaldaunen oder aus Käs
  Trägt dort jedermann.

Sah den Herrn des Hauses auch
Mit dem Talar aus Rinderfett
  Und sein stattlich Weib,
Sah den tüchtigen Truchsess auch
An des hohen Kessels Rand
  Gabelschulternd stehn.

Cathal, Sohn des Finnguine,
Trefflicher, den hoch ergötzt
  Wohlerzählte Mär,
Gross war einer Stunde That,
Wohl wert, dass man sie erzählt:
Die gewundne Fahrt des Boots
  Über des Milchsees Meer.

Dann kamen wir weiter auf das Rahmkäs-Pflaster, ins
Talg-Gebüsch, auf den Altspeck-Acker. Da umringte uns ein
dunkler Schmalznebel, dass wir Himmel und Erde nicht erkennen konnten, noch den Ort, auf den wir zugehn sollten. Und
ich stiess mit dem Rücken an einen Grabpfeiler aus Quark, dass
er mir beinah die Schädelknochen zerschmettert hätte. Ich
streckte meine Hand vorwärts, um mich aufzurichten, und fuhr
bis an den Ellbogen zwischen Ballen frischer Butter. Da sah
ich Spiegelei, den Burschen des Arzt-Wahrsagers, in einem See
voll frischer Milch fischen mit einem Angelhaken aus Mark,
einer Leine aus Schmalz und einer Rute aus Talg. Das eine
Mal zog er einen Lachs von altem Speck heraus, das andere
Mal fing er einen Lachs von Rinderfett. Er hatte einen grossen
Knüttel von gesottener Braunwurst in der Hand; damit gab er
ihnen einen Streich, dass sie zu seinen Füssen auf dem Schiff-
deck von Quark zappelten.

„Woher kommst du, armer Wicht?" fragte der Bursche.

„Von fern, von nah", erwiderte ich.

„Wohin willst du?"

„Nach der Einsiedelei."

„Armer Wicht," sagte er, „du kennst den Weg nicht.

Heut Abend kannst du die Einsiedelei nicht erreichen. Sondern
lagere dich zwichen dem Butterberg und dem Milchtrunk-See,
den Butterberg vor dir, den Formkäs-Berg hinter dir, am Fusse
des Rahmbaums auf dem Grab von Rundschüssel*) in der Einsenkung von Weizenfeld. Sende Boten zu den Häuptlingen der
Stämme der Speise, dass sie dich in Schutz nehmen gegen die
Schwerwogen des Saucigen, damit diese dich nicht ertränken;
sie sollen kommen und ihnen zu Trotz dich in Obhut nehmen,
da du der Erste mit Menschenantlitz bist auf der Insel, die du
erreicht hast."

Ich bezog ein Lager zwischen dem Butterberg und dem
Milchtrunk-See, den Butterberg vor mir, den Formkäs-Berg
hinter mir, am Fuss des Rahmbaums auf dem Grab von Rund-
schüssel in der Einsenkung von Weizenfeld. Das war keine
Nacht in Dornen bei der Fülle der Milchspeisen.

Früh am andern Tag stand ich auf, ging zur nahen
Schmalzquelle und wusch mir die Hände und glättete mein
Haar; dann ging ich nach der andern Seite zur Sauermilch-
quelle und trank dreissig Männerschlücke daraus, um mein Herz
für die Reise zu stärken. Dann machte ich mich auf Weg und
Wanderung.

Da begegnete ich Beccnat der Milden Brühigen, der Tochter
Betans des Starkessers, der Grossmutter der Stämme der Speise;
sie ritt auf einem Klepper von Talg, der hatte zwei runde
Augen aus Dickmilch und einen siebenzackigen Zügel aus gutem,
weissem Salz; sie trug einen Talar aus Rinderfett, einen Gürtel aus
Fischrogen, auf dem Haupte ein Kopftuch von Magenschwarte,
um den Hals ein Kugelhalsband, das aus sieben mal zwanzig
und sieben Kugeln aus dem Mark von Mugdorna-Schweinen**)
bestand. Die Königin begrüsste mich und fragte mich aus, wohin mich mein Weg führe. — „Zur Einsiedelei", antwortete
ich. — „Du bist nicht weit davon. Doch wird es dir nicht
schaden, alle laute Rede zu vermeiden, bevor du die Regel der
Ehrwürdigen kennst, die in der Klause wohnen." —

Die Klause lag in einem Thal zwischen dem Butterberg
und dem Milchtrunk-See im Gebiet der O'Frühesser. Sie war

---

*) Fromme Iren pflegten auf den Gräbern der irischen Heiligen zu schlafen;
das ist hier parodiert.

**) Mugdorna, heute die Baronie Cremorne in der Grafschaft Monaghan (Ulster),
scheint sich damals in der Schweinezucht ausgezeichnet zu haben.

umgeben von vier Pfahlzäunen aus altem Speck ohne Häutchen, ohne Schwarte, und oben auf jedem Pfahl das Fett eines ausgesuchten Ebers. Sie hatte eine Vorhalle von Käse, eine Thür von Quark, Barren von Schweinefett, Thürringe von Talg, einen Bolzen von Wurst, einen Thürklopfer von Butter. Ich pochte mit dem Butterklopfer an die Quarkthür, bis die zwei Pförtner, Leerbauch Sohn von O'Essen und Mulba Sohn von Gurgel heraustraten, indem sie einen Schmalznebel um sich verbreiteten. Mit solcher Wucht ergriffen sie über die Fettbarren weg die Talgringe, dass sie nicht nötig hatten, den Wurstbolzen zu öffnen.*) Ich aber entschlüpfte zwischen Wandgeflecht und Thürpfosten.

Dann sah ich einen Kleriker eine Glocke aus Metil**) schlagen; der glänzendweisse Stift, der als Klöpfel diente, war aus siebzehn Wagschalen Sachsensalz***) geformt. Und ich sah den Steinweg, der von einem Klerikerhaus zum andern führte; der war so gebildet, dass sich ein in Butter gebackenes, mit Feinsalz und Honig besprengtes Weizenbrod an das andere reihte. Und ich sah die Bretterkirche: Bretter aus den Speckseiten siebenjähriger Eber bildeten die Wandung der Kirche; die Pfosten waren von altem Käse, die Ziegel von Talg, die Dachspitzen von Schweinefett; der Altar von Nierenfett stand in der Osthälfte.

Da sah ich den Oberkleriker, den Oberwahrsager, aus dem Haus vor der Kirche kommen mit einer Krone von siebenundzwanzig weissen Butterballen auf dem Kopf und über der Krone siebzehn Reife aus Lauchbüscheln. Er ritt auf einem Gaul von altem Speck mit Hufen von Gelbrüben, mit einer Mähne von Meerfarren,†) mit einem Schwanz von Schinken; mit den duftenden, reifen, braun-purpurnen Schlehen aus seinen Nüstern hätte man sieben Stadtwagen füllen können. Er hielt eine Geissel in der Hand, an der siebenmal zwanzig und sieben Würste hingen. Wenn er sie auf den Gaul fallen liess, floss so viel Milch aus jeder Wurst, dass ein Priester mit blossem Brot auf Tag und Nacht davon satt geworden wäre; und wenn er kräftig zuschlug, liess der Gaul bei jedem Hieb

---

*) In dieser Beschreibung ist manches unklar und unsicher.
**) Unbekannte Speise. Die alten Glocken wurden mit einem Klöpfel geschlagen.
***) Das ist: englisches Salz.
†) Eine Rübenart.

Käse und Butterballen fallen. Und der Kleriker selber hatte
einen Talar von Rinderfett, eine Spange von Rotmus, ein
Hemd von zartem Schweinefett, einen Gürtel von Rogen,
glänzendweisses Haupthaar von Rahm, eine Nase von Honig,
der stetsfort über seine glatten Lippen von altem Speck
floss, ein Kredenzbrett von weichem Metil auf der Brust mit
einem Henkel von braungesottener Wurst, in der Hand einen
Krummstab von weichgekochtem Bundrish.*) Wenn er den
Stab auf die Erde stiess, brachen sieben Bäche aus seiner Spitze
hervor, von denen jeder eine Mühle Tag und Nacht hätte treiben
können, und die waren lauter Brühe. Er hatte Hosen von
Suppengemüse an den Beinen und Schuhe aus Schinken; auf
dem rechten war der Raub der Rinder von Cualnge und der
Palast von Da-Derga, auf dem linken die Werbung um Etain
und die Werbung um Emer zu sehen.**) O du heiliger Sohn
des Studiums, wie gross war seine Weisheit und sein weites
Wissen über dem Apfel seines Halses und auf der Spitze seiner
Zunge!

„Bete für mich, Kleriker!" sagte ich zu ihm.

Da sprach er: „Gute Speise behüte dich, armer Wicht!
Guter Schluck bewahre dich! Alter Speck schütze dich! Woher
kommst du, armer Wicht?"

„Ich komme von fern her, Edler, um von der schweren
Krankheit, die mich begleitet, geheilt zu werden."

„Welche Krankheit?" fragte der Arzt-Wahrsager.

„Fresssucht mit allen ihren Teilen: grosser Durst nach
Getränke, Fleischsaft und Fettbrühe; Heisshunger mit Hunde-
gier und Pferdeappetit."

„Du armer Wicht, was du zur Sättigung brauchst, ist
nicht mehr, als was auf dieser Insel ein Kind von einem Monat
verzehren würde, und was es hier immer fände, bis es zerfällt.
Dein Bedürfnis, Speise zu vertilgen, ist gering. Es hiesse den
Hund auf einen Hasen hetzen, den Packsattel auf ein Fohlen
legen, den Fuchs mit dem Stock jagen, dem Blödsinnigen Geschichten erzählen, dem Echo zurufen, eine alte Wackelfrau
küssen, dem Tauben vorsingen, einem tollen eifersüchtigen
Weib ein Geheimnis sagen, den Bach mit der Hand stauen, auf

---

*) Ein essbarer Seetang.
**) Das sind die Titel von vier irischen Sagen, das „Werben um Etain" die
obige Erzählung No. 9.

einer Ente reiten, den Pfeil gegen den Stein schiessen, den
Rauch in der Faust fangen, Sand mit dem Weidenzweig binden,
einen alten Schädel einschlagen, aus Eibenwurzeln Honig ernten,
Korn im Teufelsofen trocknen, Butter in der Hundestreu suchen,
Wolle auf der Geiss suchen, ein durchlöchertes Haus möblieren,
du armer Mac Conglinne, das hiesse dein Unterfangen, die
Speise auf dieser Insel zu mindern; denn Hunger hat deine
Därme zusammengeschnürt. Wenn du aber dennoch ein Un-
behagen in dir verspürst, so will ich dir eine Kur angeben."

„Was für eine Kur?" fragte ich.

„Iss heut Abend da, wo du übernachtest, nichts. Steh
morgen früh auf. Lass dir ein Feuer anzünden aus trockenem,
gutem Brennholz von dem astigen Baum, auf dem die Fohlen
auf der Höhe des Vorbergs ihren Mist ablegen. Lass nördlich
vom Feuer ein Gewand ausspreiten. Eine flinke, weisszahnige,
weisshandige, vollbusige, schönschenklige Frau gebe dir dreimal
neun Bissen von süsser, wohlschmeckender Kost, jeder Bissen
so gross wie das Ei des Waldhuhns. Und zu jedem Bissen
gebe sie dir dreimal neun Schluck Milch. Fühlst du dann noch
eine Krankheit — ausser Durchfall —, so komm zu mir, dass
ich dich heile."

„Wie heisst du?" fragte ich. Der Arzt-Wahrsager sang:

> „Weizlein, Sohn von Milchlein,
> Sohn des glatten Saftspecks,
>   Also heiss ich selbst.
> Eierrahm mit Honig
> Ist der Name des Mannes,
>   Der die Schachtel*) mir trägt.
>
> Hinterkeule des Hammels
> Ist der Name des Hundes,
>   Der so lustig springt.
> Schweinefett mein Weibchen,
> Dem ich freundlich lächle
>   Über des Kohles Kopf.
>
> Fleischsaft der Fleischsäfte
> Heisst die Dienerin meiner Frau;

---

*) In Schachteln wurden die Bücher aufbewahrt und getragen.

Vor Tagesanbruch
Fuhr sie über den Milchsee hin.

Honigseim, meine Tochter,
Schlendert nach dem Bache,
  Lauter wandelt sie;
Rinderfett, mein Söhnchen,
Glänzt durch seinen Mantel
  Ganz aus Nierenfett.

Spiegelei, mein wackrer Bursch,
Der mein Pferd besorgt,
Mit zwei Speeren aus Weizenmehl
Schreitet er zum Kampf.

Mein Gewand ist Suppengemüs,
Wo ich geh,
Mit Kaldaunen und Schweinefett
Ohne Blut."

Der Kleriker sang sein Paternoster über mich und hing mir ein Evangelienbuch um den Hals; das bestand aus dem Schulterstück einer alten Speckseite ohne Häutchen, ohne Schwarte und hatte einen Henkel aus gesottener Braunwurst und Ecken aus Schweinefett. Und er sprach: „Der glatte, saftige Speck behüte dich! Der feste, gelbliche Rahm behüte dich! Das Näpfchen, aus dem man kleine Kinder päppelt, behüte dich! Das mächtige Fett der Hämmel behüte dich! Der kräftige, schwere Speck der Eber behüte dich! Der König, der diese Kuchen gesegnet hat, bewahre dich vor jedem Gefährchen! Er behüte dich! Er schütze dich!"

Da machte ich mich auf zu den Häuptlingen der Stämme der Speise: zu Hand-auf-Alles, dem puren Brot; zur Gebrochenen Stirn, dem Eierrahm; zu Schlaf-nach-dem-Ende, der Kaldaune; zu den Leckerbissen-des-Palastes, den frischen Schweinen; zum Gefolge-des-Herbstes, den reifen Beeren; zum Vogel-auf-dem-Kreuz, dem Salz; zum Gefangenen-der-Fasten, dem Dünnquark; zur Sehnsucht-der-Unbemannten, der Frischmilch; zur Sehn-sucht-der-alten-Weiber, dem Schweinefett; zum Haus-der-zwei-Flächen, dem Brei; zu Breithand dem Weichen Brühigen; zur

Schwester-der-Priester, der Kohlsuppe; zu den Sternen des
Palasts, den Hühnereiern; zu Nimm-aus-dem-Busen, dem
Nusskern; zum Festgetriebe, dem duftenden Apfel; zum Fest-
der-Gurgel, dem Spiegelei; zum Hinterchen-der-Königin, der
Gelbrübe; zum Schlaftrunk, dem Meth-und-Quark; zum Königs-
essen, dem Rinderfett; zu den vierundzwanzig schönen Fett-
augen, die dich richtig anblicken; zu Bouillon, Lauch, Quark,
Hammelfleisch, Eberfleisch, frischem Schwein, dickem Darm,
dünnem Darm, dicker Milch, dünner Milch, Milch, die beim
Einschlürfen das Kauen erträgt, wie der Schimmel den Reiter,
die gröhlt wie ein französischer Widder, wenn sie dir durch
die Kehle rinnt, so dass der erste Schluck zum letzten Schluck
sagt: „Schlückchen, Drückchen, komm her und mach kehrt;
kam ich, so geh ich; bei der Schreibtafel aus Speck und bei
dem Kredenzbrett aus Schweinefett, das der Kleriker auf der
Brust trug! bin ich auch hier, so bleib ich nicht hier; kommst
du runter, muss ich rauf!" — Das sind die Häuptlinge der
Stämme der Speise.""

Damit bog Mac Conglinne seinen Arm, in dem er zwei
Bratspiesse mit dem gerösteten Speck hielt, und führte sie langsam
gegen den Mund des Königs hin; der wollte Speck und Spiess
verschlucken. Da zuckte er sie auf Armeslänge zurück; und der
Fressteufel sprang aus Cathals Kehle an den Bratspiess und vom
Bratspiess in die Kehle des Burschen des Priesters von Cork,
der beim Kessel mitten im Hause stand, und aus der Kehle des
Burschen an denselben Spiess zurück. Rasch legte Mac Conglinne den Spiess in die glühenden Kohlen und stülpte den
Kessel des Palastes darüber. Der König wurde in ein Schlaf-
gemach getragen, das grosse Haus ausgeräumt und in Brand ge-
steckt. Und der Teufel stiess drei Schreie aus.

Am andern Tag stand der König auf und bedurfte zu
seiner Sättigung nicht mehr als ein Kind im ersten Monat.

„Dankst du mirs nicht, Edler, dass ich dich von der Fresssucht geheilt habe?" fragte Mac Conglinne.

„Dankst du mirs nicht", erwiderte Cathal, „dass ich dich
heut nicht hängen lasse? Und das Amt, das du angetreten hast,
das Zerlegen meiner Speise, soll dir auf immer gehören; dazu

meine Rüstung, der Ring an meinem Arm, der Rock auf meinem Leib und Anspruch auf hundert Stück Vieh."

„Ei, Cathal", sagte Mönchlein, „so entziehst du mir den Mann, der ein Schmählied auf die Kirche gesungen hat?"

„So solls nicht zugehen", erwiderte Mac Conglinne, „sondern lasst die Richter vortreten. Lege du einen Einsatz von hundert Kühen in Cathals Hand, und ich will gleichfalls hundert einlegen; dann sollen die Richter sprechen, wem von uns der Ehrenpreis gebührt." *)

Die Richter sagten aus, Mac Conglinne habe Anspruch auf Busse und Ehrenpreis; denn er habe gar kein Schmählied verfasst, sondern nur gesagt, er werde den Corkschen Hafer nicht essen.

„Busse und Ehrenpreis fordere ich nicht", sagte Mac Conglinne, „aber den Kapuzenmantel, der in deiner Zelle hängt."

„Du sollst ihn haben und meinen Segen dazu", sagte Mönchlein.

Darum sang der Narr mit seinem Sohne Comgan und mit seiner Tochter:

> „Mönchlein geht — das ist mir kund —
> Und verklagt Mac Cónglinne.
> Aber Mönchlein büsst dabei
> Den Kapuzenmantel ein.
> Mönchleins Mantel, schön und reich,
> War Mac Cónglinne nicht zu gut."

> Der Sohn: „Comgan däucht es nicht zu viel,
> Würde der Mantel, hochberühmt —
> Stammt er auch von ferne her,
> Einundzwanzig Cumal wert,
> Rabenfarbig — ihm geschenkt
> Von Cathal dem Munsterfürst."

---

*) Beim irischen Prozess, bei dem beide Gegner sich durch Einsätze zur Erfüllung des Urteils verpflichten, verfällt entweder der Angeklagte oder der Kläger der Strafe. Diese besteht aus zwei Teilen: der „Busse", die für bestimmte Vergehen feststeht, und dem „Ehrenpreis", einer Summe, die je nach dem Rang des Gewinnenden wechselt. Die irische Werteinheit ist nicht Geld, sondern das Stück Vieh.

Die Tochter: „Doch ich gäb' ihn willig hin,
    Wär er auch mit Gold umsäumt,
    Und den Gürtel noch dazu,
    Würd es so von mir verlangt:
    Ward doch Cathal wieder heil
    Durch den Gang, den Mönchlein that!“

So wurde Cathal Finnguines Sohn von der Fresssucht geheilt und kam Mac Conglinne zu Rang und Würden.

Verzeichnis

der wiederholt vorkommenden Orts- und Personennamen
und anderer irischer Ausdrücke.

Druck von Albert Damcke, Berlin-Schöneberg.